U0146230

行舟

白云苏海

张君昌 著

作家出版社

图书在版编目（CIP）数据

行舟白云苏海 / 张君昌著 . -- 北京：作家出版社，
2021.12

ISBN 978 – 7 – 5212 – 1523 – 6

Ⅰ . ①行… Ⅱ . ①张… Ⅲ . ①诗集 – 中国 – 当代
Ⅳ . ① I227

中国版本图书馆 CIP 数据核字（2021）第 185804 号

行舟白云苏海

作　　者：张君昌
责任编辑：赵　莹
装帧设计：意匠文化·丁奔亮
出版发行：作家出版社有限公司
社　　址：北京农展馆南里 10 号　　邮　　编：100125
电话传真：86 – 10 – 65067186（发行中心及邮购部）
　　　　　86 – 10 – 65004079（总编室）
E – mail: zuojia@zuojia. net. cn
http: // www. zuojiachubanshe. com
印　　刷：三河市北燕印装有限公司
成品尺寸：152 × 230
字　　数：253 千
印　　张：23.5
版　　次：2021 年 12 月第 1 版
印　　次：2021 年 12 月第 1 次印刷
ISBN 978 – 7 – 5212 – 1523 – 6
定　　价：58.00 元

目录
contents

风物篇

文史篇

纪事篇

1

300多年前，孔尚任在构思《桃花扇》"听稗"一场戏时，信笔写下这样一句台词："蚤岁清词，吐出班香宋艳；中年浩气，流出苏海韩潮。"从此，"苏海"一词便口耳相传、绵绵不绝。"苏海"者，喻指苏轼词文磅礴如海、恢宏浩荡、气象万千；也指东坡学识渊博，似海洋般壮阔、浩瀚无边。对此，苏轼受之无愧。纵观历朝历代，苏轼策论奏议对典籍援引化用可谓出神入化，囊括经史子集，处处藏机；洋洋洒洒，纵横捭阖，豪情万丈，无人能及。东坡诗词有如"乱石崩云，惊涛裂岸，卷起千堆雪"般"大江东去"，直教人望洋兴叹。南宋曾有人动员大文豪陆游为东坡诗集作注，因用典太多，卷帙浩繁，放翁终未动笔，成诗坛遗憾。东坡文赋、哲理、诗词、书法、绘画兼通且样样造极，是公认的集文学家、思想家、政治家、书法家乃至工程师于一身之大成者。以至其政敌王安石去职后这样评价这位昔日对头："不知更几百年，方有如此人物。"（［宋］蔡绦《西清诗话》）作家林语堂说："像苏东坡这样的人物，是人间不可无一难能有二的。"（《苏东坡传》）更有慷慨者，在公元第二个千年之交，法国《世界报》评选影响人类生活的 12 位千年英雄（1001—2000 年），苏轼成为唯一入选的中国人。理由是"苏东坡的从政生涯同他的诗文书画一样，都属于人类宝贵的文化遗产"（［法国］让·皮埃尔·朗日里耶《千年英雄苏东坡》）。

"李白一斗诗百篇，长安市上酒家眠。"（［唐］杜甫《饮中八仙歌》）在一片紫烟彩云中，诗仙太白踏歌而来。若要评公元纪年第一个千年（1—1000 年）的 12 位千年英雄，问国人谁最有资格当选？窃以为，非太白莫属。作为世人眼中第一诗仙，他的诗作缥缈无常、浪漫天成，仿佛无意间信手拈来，旋即化羽乘风达云端。"朝辞白帝彩云间，千里江陵一日还。"（《早发白帝城》）"飞流直下三千尺，疑是银河落九天。"（《望庐山瀑布》）"长风破浪会有时，直挂云帆济沧海。"（《行路难》）太白文章在，群星灿烂的唐朝诗坛竟无人敢言第一。与中年东坡相似，李白也曾一腔热血求报国，进京做过翰林学士。当他意识到被帝王喜赏不过为其取悦耳，便毅然挂冠而去。"安能摧眉折腰事权贵，使我不得开心颜。"（《梦游天姥吟留别》）与苏轼的"一蓑烟雨任平生"如出一辙。爱憎分明，磊落光明，如此诗胆，诵以"白云"，与"苏海"并列，当四海共鸣。

"白云"与"苏海"，隔朝而相望，二士风骨相当。作为晚辈的苏轼，曾这样评价李白："士以气为主，方高力士用事，公卿大夫争事之，而太白使脱靴殿上，固已气盖天下矣。"（《李太白碑阴记》）时唐玄宗耽溺声色，奸相李林甫与宠宦高力士权倾天下，百官上朝多趋炎附势，而初事翰林的李太白，居然藐视权贵。一次宫宴醉酒，"遂展足与高力士曰：'去靴！'力士失势，遽为脱之"（［唐］段成式《酉阳杂俎》）。太白"狂士"风范，粪土万户侯之气概，跃然而出，遗世独立。

东坡不但称颂太白人格魅力与精神气节，而且二人皆好酒，酒后善咏月。不同是李白逢酒必醉，东坡酒后常可独醒。东坡在诗学与创作上也愿效法太白。天马行空、无拘无束、纵横恣肆，是他们遣词造句的共同特征。二者皆有超乎寻常的想象力，都善用比兴夸张，差异是一个彰显豪迈，一个更为浪漫；一个孜孜以求、诉人生百态，一个纵情遨游、洒脱飘逸、超然物外。东坡喜爱太白，不但诗风相近，而且还常以李白自况或化用太白诗句："岂知西省深严地，也著东坡病瘦身。免使谪仙明月下，狂歌对影只三人。"（《再次韵答完夫穆父》）写他任中书舍人时，与胡完夫、钱穆父三人游，化用李白与月"对影成三人"相比，描写自己与胡、钱二人之谊。

苏轼现存诗 3450 余首、词 362 首，在宋朝即被封为"诗神""词圣"。平心而论，苏诗体量虽大，但如"竹外桃花三两枝，春江水暖鸭先知"（《惠崇春江晚景》）那样脍炙人口的佳句并不为多，"其恬静不如王摩诘，其忠恳不如杜工部"（[现代] 钱穆《谈诗》），倒是占比仅十分之一的词作成就他的盛名。假若时空穿越，李白来到北宋，瞄一眼后生诗神之作，会哑然失笑。此乃性格使然，太白孤傲，世人尽知，甚至连孔圣人也不能入其法眼。"我本楚狂人，凤歌笑孔丘。"（《庐山谣寄卢侍御虚舟》）然而，当他行至坊间偶听苏词弹唱，"曲终，觉天风海雨逼人"（《历代诗余》引陆游语）。会大惊："此曲只应天上有，人间能得几回闻。"（[唐] 杜甫《赠花卿》）词原本"诗之余"，但到东坡笔下则恣肆汪洋，他将策论功力移植词作，终化腐朽为神奇，直推宋词到顶峰。依李白性格，当填词一搏，然人已老，心有余而力不足矣。

如果单评李诗，当甩开苏诗两个身位不止；但若捧出苏词及其殚精竭虑所著《易传》《论语说》《书传》三论，东坡功力当抛开太白三个身位。因为二者毕竟相去 330 余年。这便是李白与苏轼，白云与苏海，不同时代并立于中华文坛高峰的两座丰碑，闪耀天宇崇光大地的两颗明星。李白是诗仙，是璀璨夜空的太白金星；苏轼是词圣，是采神州万物造化之人灵。太白涉足人间纯是巧合，苏轼流落凡尘已属必然。"白云苏海"际会于当代，则是我们的幸运，时代的华彩。

"舟"者，交通工具也。乘之，可遨游天空，可徜徉大海。行舟白云苏海，就是走近太白，走近东坡，去感受历史沧桑，领略国学豪迈，激扬人文精神，把握民族未来。

2

写出上面冗文，一为书名释义，二为阐述诗词功用做些铺垫。当代人视时间如生命，在碎片化阅读时代更是如此，对无用之物当不愿劳神。诗词有何功用？需言明在先。我们看看孔子是如何教子的。一天，孔子独立院中，"鲤趋而过庭。曰：'学诗乎？'对曰：'未也。''不学诗，无以言。'鲤退而学诗"（《论语·季氏》）。孔子认为，不学诗便不会说话。彼时学诗的蓝本乃《诗经》，其内容包罗万象，读《诗经》不但可以学文化、通言语，还可以知礼节、懂交往。这在春秋时期十分重要，一个人如果没有见识，不懂礼节，就难以立足社会。孔子之所以能成为万世师表，在于他洞察细微、指引迷津的本领和有教无类的心胸。我本愚笨，无顿悟之灵，唯秉承夫子教诲，累年学诗，以成匹夫之志。

作为新乐府运动的倡导者，白居易继承汉乐府"缘事而发"真谛，提出"文章合为时而著，歌诗合为事而作"（《与元九书》）口号，主张诗文既要反映时事，又要为现实而作，使历代文人诗词创作关注现实、改造社会之目标，上达使命高度。"安得广厦千万间，大庇天下寒士俱欢颜。"（[唐]杜甫《茅屋为秋风所破歌》）"千呼万唤始出来，犹抱琵琶半遮面。"（[唐]白居易《琵琶行》）"岐阳西望无来信，陇水东流闻哭声。"（[金]元好问《岐阳》）我诗虽不达先贤吟哦家国之大义，却也时时秉持"为事而作"之信条，不作无病呻吟之态，不谋"为赋新词强说愁"（[南宋]辛弃疾《丑奴儿·书博山道中壁》）之举。

屈指算来，吾自幼学滦州、大学通州，工作之余游历九州，凡五十载。从习儿歌、识词格，至遇良师指点、渐能缀句，已存诗词近300首，涉词牌120余调。诗必抒情言志，往往托事喻理。编辑此书，特从诗稿择叙事为主者71首，成"纪事篇"，如"云翔潢水信旗挥，风动银鹰下翠微"（《初上大别山》）。又析抗疫诗专题13首，成"抗疫辑"，如"七日临春近，蔬羹灶上吟。忽闻渝楚告荒音"（《喝火令·人胜节纪事》）。选助农、扶贫专题11首成"桑农辑"，如"极目碧空尘远，白云烟黛，芳草秋光"（《玉蝴蝶慢·西藏新歌》）。余者编入"情志篇"（79首）、"风物篇"（77首）、"文史篇"（30首）等。

尝闻写诗者，必作二十四节令诗。每至一节，常抓耳挠腮，吐胆汁以黏字，且敝帚自赏。殊不知，此等古人写尽题材，今人搜肠刮肚之句，往往拾前人牙慧！我为节令诗，常于当日见闻联袂："紫薇漫野溧阳行，水岸曹山诵古声"（《夏至品诗》），将时令特色融入见闻之中，不蹈古人覆辙。即便当日无所见闻，也要捧读几页经卷，记下心得："复西汉阙，叹唐风尽扫满阶腥"（《木兰花慢·惊蛰又温长恨歌》），权作那节令所获。假以时日，终集齐属于自己的二十四节令诗。坚持"为事而作"，不为写诗强搔首，教我以诗浸染生活。相比于郑重纪事，部分拙作更像随笔、日记、打油诗，即兴口占，聊聊数语，或场景再现，或趣答戏谑，亦庄亦谐，尽享情趣。"争鸣阔论经年远，偶有青衿笑我烦。"（《大雪会群英》）"词人当自省，每

夜忆东坡。勤做修身事，远离虞美娥。"（《致虞美君》）

如果诗词一味写实、追求平淡，会流于琐碎，失之高雅。诗词少了美感，也会折损其艺术生命。我喜爱李白，在于其诗大美至极，但高不可及；我更爱东坡，在于苏词接地气、亲烟火，能让我体会各种人生况味，又能临摹礼拜。数年来，但凡我接触到与苏词有关的事物，皆全盘临摹。见东坡所创词牌，遂步韵："山有盟书如巅，水有和声同川，悠悠无忘年。"（《醉翁操·步韵东坡创词兼品禅音》）闻东坡首倡隐括，便集句："待到秋风弯月照，唯恐海棠睡了。"（《清平乐·望鹊桥》）察东坡首创单句回文诗，即作"漫山流水泓田远，远田泓水流山漫"（《菩萨蛮·紫鹊梯田云水间》）。发现汉字之美不仅在于音韵铿锵可听，还在于字面形神兼备可观。东坡仙逝，纪念他的词牌仅存一个，且几近失传，与情与理皆难平。便振臂疾呼："天涯万里，千古风流岂朝暮。"（《忆东坡·风流千古》）愿东坡千年诞辰之日，复此调千首、佳作三百，以慰先贤。与词圣隔空对话，富我审美意象，开我艺术眼帘。这些作品构成专题"东坡辑"（12首）。

生活往往是平实的，以诗来记录生活，当然是好习惯，但日久天长，极有可能磨平艺术质感，失却创作灵动。我的办法是不断寻找话题，拉升标高，刺激创作冲动。我发现，数字词牌是个有趣现象，于是集中一段时间，创作完成一套（13首）数字词牌作品：一剪梅、二郎神、三字令、四园竹、五福降中天、六州歌头、七娘子、八声甘州、九回肠、十月桃、百宜娇、千秋岁、万年欢。我早期作品多属古风，为挑战自我，其中一部分在保持原意前提下，我将其改写为律诗。懂诗之人体悟，这意味脱胎换骨之改变，付出心血可能比原创还多。一般来说，填词依龙谱难度最大，钦谱次之。初成之词，往往不太讲究，我则要一改再改，不断炼字。除极个别情况，我词最终都要定于龙谱。有时为一字之别，竟要废掉半阕成词。没有这种"洁癖"意识，就难以精进艺术。

东坡以一首"千里孤坟，无处话凄凉"，列千古悼亡诗之首。世人争作离别诗，高下难分伯仲，终被后生李叔同逆袭，"晚风拂柳笛声残，夕阳山外山"遂成华夏骊歌不二经典。然民国已非词时代，酒肆不再悬曲谱，更无闲人弄词牌。梦回大宋可摘月，能坐几家溯流排？我暗忖：可否将此现代歌词译成古语，按词法治编，辅以宋调试唱，格律调配，岂不为词林添一新曲？说做即做，约上几位同道，日夜勾兑，不出半月，新调《长亭外》横空出世。初战告捷，仿照此法，又将当代词人凯文作抗疫歌词《大爱苍生》复古为《千山静》，两调和者均过十，编入本书"创调辑"（2首）。我以为，创新调乃承古典之最高形式，在继承与繁荣的跋涉中，此举不可或缺，亦不可多有。

3

时下，国学渐次升温，时有人问诗或嘱余教子者，余均婉拒。一则本人非科班，恐带人入歧路；二则古典诗词熬煞人，投入不多难成器，投入太多又恐误了人家少年前程，毕竟其非安身立命之本。不过，我主张有闲情者应学一点诗词格律，诗词如同"国球"，打不好但不可不会。首先，平时要多诵多读，读罢诗词三百首，不会写诗也会吟；其次，要掌握绝、律一种基本句型，渐渐习而广之；再次，要学会一二小令，试填并慢慢打磨。新手上路，基本如此。有人说，必先写七律一百首，方可填。未必也。今学古典者，多为业余爱好，而非专业，断不必如此刻板。我体会，律诗句型简单，平仄直观，便于初学上手，故学诗往往从绝、律起步。如若深造，律诗犹似"无底洞"，切不要以为懂粘连、知对仗，就是会七律，此仅入门也。无天分者即使再作一两百首，也会停留在此及格水准，难成"诗翁"。因为后面更高的要求还太多，什么忌孤平、忌合掌、忌正对、忌物伤、忌意悖、忌平头、忌犯韵、忌尾三连平（三连仄）等等，不一而足。过多的繁文缛节，容易让初学者不知所措，让学会者首足难顾。加上律诗在字句数量、平仄用韵方面要求过于苛刻、齐整而呆板，足以使人昏昏欲睡。就像在戈壁开车，道路笔直，周遭一成不变的荒凉，极易使人萌生倦意。也许囿于此，李白作律诗不多，而更愿在古风中自由放浪。我意，知道律诗诸多禁忌，作上十几首合格者即可，此处不必驻足，宜快速转向填词。不同的词牌，有如不同的风景，词人可以流连，可以迅速通过驶向下个驿站。而每个驿站都有长短不同的句式组合，如同千回百转的山路、铿锵错落的音符，让游人如品一萼红，如赏二色莲……词牌之多，数不胜数，只要词人愿意，每次都可收获不同风景。

苏轼说："诗须要有为而作，用事当以故为新，以俗为雅。"（《题柳子厚诗》）我则将"为事而作，为美而作，为心而作"当为座右铭，也偶有得意之句"咏赣西江，楼西月，鲁西庄"（《行香子·又见重阳》），将真实景物与审美意象融为一体。我以为，弘扬优秀传统文化的最好办法，是让它活在当下。诗词创作只有融入社会生活，方能生根开花；只有契合时代脉搏，才成黄钟大吕。诗词之树所以能繁茂于唐宋，是因为它承载了那个时代的使命，或济世或咏怀或乐活，不但抒写了那个时代的强音，还成就了早于欧洲的中华文艺复兴。有人说，诗词止于东坡。此话虽失之偏颇，倒也有几分道理。自东坡之后，词坛虽出现过辛弃疾、陆游、李清照等大家，或许纳兰性德也算一位，但作为诗词时代，确实整体性滑坡，渐渐由高峰跌落谷底，无人能够阻止。

然东坡毕竟故去已近千年，如今，中华文化正面临又一次复兴崛起。此次复兴，诗词虽未必站到舞台中央，但也理应拥有一席之地。没有诗词中兴和加持，文化复兴便是枉言。时下，经典诵读传播活动渐次增多。《中国诗词大会》每年卷起一阵狂飙，各地还不时举办一些雅集，聊解文人慰藉。对于文化复兴而言，这些还处于继承初级阶段，犹如庚子中秋季央视播出纪录片《苏东坡》对东坡解读一样幼稚，距达复兴重要标志——活在当下，尚有相当距离。

让诗词活在当下，就是不光有大量人群喜欢经典诵读，还有相当多的人能写善吟，即拿起笔来能写古典诗词，信手拈来可吟歌时代、装点生活。什么时候，诗词能够成为人们日常生活一部分，那便是它复兴之日。须知，在李白、东坡生活的年代，诗和词便是岁月的主调，兴衰荣辱、衣食住行、街谈巷议、嬉笑怒骂皆可入诗。苏轼听说八旬老友张先娶十八新娘，便打趣道："鸳鸯被里成双夜，一树梨花压海棠。"（《戏赠张先》）梨花白，海棠娇，"压"字相连媚又巧。然此诗传开，梨花不急不恼，海棠依旧，不离不弃共舟楫。"平生批敕手""磨刀向猪羊，酾酒会邻里"（[北宋]苏轼《送顾子敦奉使河朔》）。欲达此境，当代人不应仅满足于"看热闹"，更要立志于"懂门道"。

作为国粹，诗词的门道，一曰格律，二曰韵脚。掌握这两点，就算基本入门。进二道门就要懂什么是平水韵、什么是词林正韵，若觉这有点儿难，就采用中华新韵。先学绝、律再填词，怎么容易怎么办。总之，先入门，再修行。

中华民族崇尚读书，耕读传家、诗书继世思想源远流长。清末名仕曾国藩曾说："君子有三乐。读书声出金石，飘飘意远，一乐也；宏奖人才，诱人日进，二乐也；勤劳而后憩息，三乐也。"（《曾国藩日记》）诗中自有千钟粟，词中自有黄金屋。随着越来越多国人提笔可为诗、开口吐莲花，一个文明、高雅、富有的民族必将能够更加自信地走向未来，并被世界以更加热烈的姿态所拥抱。

而这，应当成为中国梦之一部分。

辛丑仲夏于京师

情 志 篇

七律·景山顶上

（1984-05-01）

大学将毕业，始思人生。

景山顶上背西光，
塞外长歌咏惋伤。
遍地夕烟连暮色，
满园翠柏笼沙装。
坡前花茂采蜂舞，
帐后原深牧犬忙。
待到扬鞭催马跃，
谁人伴我戏叼羊？

注释

西光：夕阳。[南朝]吴均《送柳吴兴竹亭集》："王孙犹未归，且听西光匿。"

五福降中天·登域山

（1984-07-25）

记儿时攀域，雀跃北望青龙。

多宝白云升，岫谷苍葱。

孤竹飞鸿片影，更见思乡泪溶。

足抵沙岩，鹿鸣蓟水唤徽宗。

离乡四载，岭欲裂、难寻故松。

豆蔻不言山阻，各旅西东。

周峰冷寂，脱兔恣行无觅踪。

举目皆空，怅愁何事顾秋风。

注释

题记：域山，地处燕山沉降带，系海拔 70 米东西走向系列山丘。位于唐山古冶区北范小区，儿时常登临，立于山顶可北望 20 公里外青龙山。大学毕业后独自登临，发现部分山岭已为采石崩塌，地貌损毁严重。

多宝：古冶多宝佛塔，乃八角七层仿木构密檐实心砖塔，建于明万历二十二年（1594）。佛塔北临白云山，因雨后常见白云缭绕而得名。

孤竹：商朝初叶冀东地区最早的诸侯国，存世 940 余年。以唐山滦南为核心，鼎盛时期疆域达京津及辽西地区，战国时期并入燕国，宋时为契丹所辖。

思乡：浭水，因在丰润段西流，又称思乡河、还乡河，后汇蓟水入海。传宋徽宗被金人所俘，曾住丰润城西 10 余里浭水之畔沙岩寺。徽宗见浭水西流似"还乡"，而自己身为一国之君却被掳至此，行将北出塞外，不禁泪目。嗣后，有人赋诗追忆《宋徽宗过思乡桥》："沙岩寺里树苍苍，塔势峻嶒大道旁。北狩至尊仍出塞，西流浭水自还乡。"

忆秦娥·甲子岁末咏韶华

（1984-12-31）

天欲晓，高楼夜梦良宵闹。

良宵闹，暮云啼断，绿罗生俏。

韶华付水朝天啸，人间无处阳关道。

阳关道，旭阳初照，瑟风芳草。

七绝·三水吟

（1995-12-08）

　　辅一众儒生走三水，午餐酒家命诗，诸兄推我缀句，松陵先生挥毫以赠。

　　　　　昨宵畅饮三江水，
　　　　　今早踏青禾雀鸣。
　　　　　隐逸芦丛岐岛梦，
　　　　　琴沙晓坐醉渊明。

注释

三江：广东三水因西、北、绥三江于境内汇流而得名。

禾雀：禾花雀，学名黄胸鹀。候鸟，逐水草而居。初冬，三江芦苇丛迎来大批禾花雀，发出"啦啦哩哩"的叫声。

岐岛：三水区青岐镇。广东古镇，因西、北江和思贤滘三面环绕，水草丰盛，风光旖旎，又名岐岛。

琴沙：琴沙岛，形如古琴而得名。传包公赴任端州，船行西江遇风，琴落江中成此岛。

渊明：陶渊明，号五柳先生，东晋浔阳柴桑（今九江）人，东晋末南朝宋初诗人、辞赋家，曾为彭泽县令，80余天便挂冠而去。被誉为中国第一位田园诗人、古今隐逸诗人之宗。代表作《归园田居》《桃花源记》等。

啰唝曲·萧萧风马疾

（1997-10-01）

大漠黄沙起，
落日依海流。
萧萧风马疾，
谁个不霜头。

一剪梅·子夜波光正漾舟

（2003-12-18）

是夜乘"假日"号邮轮自浦江公平路码头启航，欲往普陀，行至吴淞口风大涌高无奈而返。

霜重云低江浦头，雁叫凄凄，笙管悠悠。
舫楼轮动唤秋风，楚楚明珠，汩汩东流。

子夜波光正漾舟，寒涌淙淙，叹海休休。
公平路渡索相期，锦瑟无言，轻雨新愁。

七律·望川南川北

（2017-07-17）

7月12—15日赴西昌、广元踏行追记。

邛海飞舟渡蜀山，

扬眉远眺剑门关。

峰峰云柏绵千里，

滚滚岷江绕九弯。

毓秀名峦天下传，

钟灵古刹士夫还。

川南川北峥嵘路，

行至今朝若等闲。

七绝·致友人

（2018-01-31）

年年腊月忍冬狞，
岁岁迎春未有更。
敢向瀛洲求大水，
鲲鹏竞起跃苍生。

七绝·咏中原二首

（2018-05-17）

其一

锦绣中原阖画览，
山河都邑带君颜。
才临福塔加仑酒，
车驾已行函谷关。

其二

函谷关头嵩岳眺，
列屏跌宕紫烟稠。
呼朋把盏论雄莽，
不问黄河谁漾舟。

钗头凤·斜阳柳

（2018-09-19）

扶珑手，黄酥柚，鬓含秋露乌篷走。
声声慢，轻轻颤，潋随潮涌，黛烟江岸。
眷，眷，眷。

鱼封篓，花雕酒，醉风吹皱斜阳柳。
天将晚，歌声缱，心如弯月，可怜离乱。
叹，叹，叹。

七律·中秋望星空

（2018-09-24）

仲秋时令乾坤朗，
华夏田园锦绣装。
横断难分明月阔，
乌江易拢纤夫忙。
舟行两岸起苍黛，
剑指三洋逐海狼。
蓝色弹珠无静港，
皇皇旷宇有殊量。

五绝·哀红（外一首）

（2018-10-07）

深秋假日，陪亲友登八达岭，触景命笔。

枫叶本红颜，

风来心自翩。

憾为蛛网缚，

摇曳乞人怜。

外一首

枫叶命红颜，

随风散紫嫣。

憾为蛛网捕，

摆曳顾人怜。

卜算子·西湖望秋

（2018-10-12）

旭日出江平，残月盘峰顶。
秋叶红黄柳浪翻，湖水如天镜。

白鹭水中翔，暮塔松成岭。
浊酒三杯话往云，颔首知天命。

西江月·和友重阳

（2018-10-18）

信步重阳时候，丰收挂满枝头。
食糕啖蟹乐无忧，秋补安嫌人瘦？

月下赏荷听雨，清茶平热消愁。
既然流水自悠悠，何惧西风逞纣！

附原作：

西江月·重阳

（2018-10-17）

吉 水

天气重阳时候，心情十字街头。
谁怜一叶一怀秋，谁对黄花影瘦。

明月清霜淡酒，人生故事新愁。
思如流水自悠悠，却被西风凉透。

七绝·苏峰寺

（2018-10-21）

苏峰山下苏峰寺，
面向平洋纳四方。
香客匆匆空许愿，
安知参悟比天长。

七绝·寒衣节

（2018-11-08）

十月冬来塞北寒，
行人瑟瑟底襟酸。
街头簇簇冥衣火，
路客感怀珠泪弹。

如梦令·江南秋

（2018-11-12）

芦荡轻波如画，丹鹤依依南下。

剑侠醉秋风，闭目漫花飘洒。

奇讶，奇讶，玉兔白驹并挂。

七绝·高原红豆

（2018-11-15）

南方红豆高原长，
傲雪迎风不易裳。
剔透晶莹添国色，
毋因地远失仪妆。

渔家傲·登港珠澳大桥

（2018-12-13）

雾满零丁波潋乱，蛟龙飞跨西东岸。
多少烟云偿夙愿，齐声叹，扬帆竞渡天行健。

南宋沉舟明末怨，虎门积弱何须战。
唤醒国人千百万，宏图展，蛟龙出海冲霄汉。

七绝·腊八感怀二首

（2019-01-13）

其一

雄鸡晓唱旭东方，
五谷羹温暖辘肠。
戊戌渐离多慨叹，
鼎新己亥顾春光。

其二

冬临无雪腊梅怅，
百丈悬崖风凛扬。
傲物何须花瓣俏，
岂知淡雅亦流芳。

七律·大寒释梦

（2019-01-20）

大寒夜短梦西游，
白发征夫战不周。
仗剑仰空云宇啸，
恃雷滚地草虫啾。
一弯明月似天酒，
半部残书作岁酬。
长叹苏公吟庾岭，
任由猿界噪无休。

七律·催战鼓（外一首）

（2019-01-22）

子夜忽闻催战鼓，
挥毫倚枕演兵图。
推窗论剑几番阵，
批卷兴师数百弩。
虽可摧城拔垣屋，
更求划策稳江湖。
苟言天下何为重，
万里边墙安托孤？

七古·催更

子夜忽闻催更鼓，
征夫华发上遥途。
解来五百草船箭，
叩问三军一战无？

水调歌头·寄新惆

（2019-02-17）

2018年年末，东海狂风大作，骇浪滔天，裂石喷雪，苏峰怒号。2019年2月中，北方遇雪，气温骤降，局地祥瑞，局地成灾。其间，中美贸易谈判风起云涌，孟晚舟事件扑朔迷离，家事国事天下事齐上心头，累成此篇。

沧海一声啸，平地起霄楼。

东临苏柱号风，惊浪卷瀛洲。

恰又殊方飘雪，归路扶难罔顾，

嗟叹使人忧。天有莫名雨，忠义寄新惆。

春雷吼，巨石动，盼归舟。

筑城击寇留史，更勿忘黄周。

何事阴云乍起，搅得终天寒冷，

浩气将中流。海外风樯摆，宇内起宏猷。

注释

苏柱：指苏峰山。[清]陈少华《苏柱擎天》："天垂南畔势如倾，赖得苏峰一柱擎。"

瀛洲：传说中的东海仙山。最早见《列子》记载，海中有蓬莱、方丈、瀛洲三仙山。

巨石：指风动石。坐落在铜山古城海滨石崖上，重约 200 吨，以奇、险、悬被古代文人誉为"天下第一奇石"。诗曰"风吹一石万钧动"，已成东山岛标志性景观。

筑城击寇句：铜山古城始建于明洪武二十年（1387），取所傍铜钵、东山两村各一字命名，以花岗石砌成，长 1903 米，高 7 米，为环山临海水寨。明嘉靖二十二年（1543），戚继光在此全歼倭寇；崇祯六年（1633），徐一鸣在铜山海面两败荷兰东印度公司舰队；隆武二年（1646），郑成功在此训练水师，收复台湾。

黄周：黄道周。福建漳浦县（今东山县铜陵镇）人，明末大学士、文学家、民族英雄，因抗清失败，慷慨就义。位尊"铜山三忠臣"之首。

风樯：樯，桅杆；风樯，指帆船。这里泛指海上行船。

柳梢青·春意

（2019-03-08）

　　己亥二月二，恰逢三八节，九九刚过半，此事需四十六载重现。彼时余已百年，善哉叹哉。

　　树静灯稀，渔歌唱断，瑟瑟凄凄。
　　船动浮云，悠波拍岸，幻影迷离。

　　忽闻马踏飞蹄，报时雨，莺啼柳依。
　　惊蛰初萌，龙头又起，无限芳期。

五律·和凯文先生答友诗

（2019-03-22）

己亥春分刚过，陪同凯文先生赴中原田野调研，车中即景。

我有魔图板，
拴于铁骑关。
何须调七彩，
自在映三山。
蹈辙高车进，
追云放眼环。
耕牛摇尾处，
大地尽春颜。

注释

三山：大别山、伏牛山、太行山为河南境内三座代表性山脉，这里泛指河南
大地。

附原作：

五律·答诗友

（2019-03-19）

凯 文

我有一方笺，
经年待客填。
画描难有色，
书诉苦无言。
花落叹春老，
雪飞待燕还。
挥毫驰远目，
微雨落春衫。

五律·和凯文先生酒（外一首）

（2019-03-22）

我有一方盏，
经年未妄填。
饥餐青苣饭，
渴饮杏林泉。
不是怜佳酿，
唯愁断后缘。
杜康千古憾，
太白入湖眠。

五排·我有一方盏

（2019-03-28）

我有一方盏，
经年未妄筵。
饥餐香芋饭，
渴饮杏林泉。
偶遇刘伶客，
轻沾太白仙。

何愁浇烈酒，

唯恐断佳缘。

万古芳樽怨，

千名雅士湮。

劝君常问月，

天阙望婵娟。

附原作：

五律·酒

（2019-03-22）

凯 文

我有一芳樽，

时时待客温。

不闻佳酿美，

且喜酒浆新。

酩酊已相忘，

微醺欲入云。

提壶轻试热，

帘动客敲门。

注释

太白句：传诗仙李白之死有三种说法：醉死、病死、溺亡。其中第三种说法契合诗人浪漫气质。说李白某夜在当涂江上荡舟饮酒，大醉，入水捉月而去。酒成就了李白，也吞噬了李白。

如梦令·致诺

（2019-03-27）

四日相邀文就，烛案芝兰添秀。

枉作敲更人，复道月升时候。

将酒，将酒，一诺万钧华胄！

注释

芝兰：喻德行高雅或友情、环境美好。《孔子家语·在厄》："芝兰生于深林，不以无人而不芳。"

将：请。〔唐〕李白《将进酒》："将进酒，杯莫停。"

忆秦娥·瞻仰主席纪念堂

（2019-04-12）

春风切，英雄坐望英雄阙。

英雄阙，千秋宏业，子规啼血。

拾阶轻上凭阑绝，良宵欣状良宵月。

良宵月，杨飞柳酽，玉龙裁雪。

注释

英雄句：纪念堂一层设有毛主席汉白玉坐像一尊，坐南朝北，大门洞开，恰与人民英雄纪念碑相望。

子规啼血：子规又名催归，杜鹃鸟别称，逢春昼夜啼鸣，嘴红色，犹如滴血，盼子回归。典出《蜀王本纪》，传望帝故去化为子规鸟，至春啼鸣，滴血染红漫山杜鹃花（映山红）。形容对故人、故国的无限思念。

绝：极处。

良宵：油画家刘宇一为纪念堂绘制巨幅油画《良宵》，长 12.26 米，高 3.5 米，置于三层大厅。画面描绘毛主席同数十位共和国功勋与各民族代表在皓月当空、宫灯高悬的庭院中畅谈、品茗、作诗的欢乐场景。

杨飞二句：分别呼应毛泽东《蝶恋花·答李淑一》《念奴娇·昆仑》词意。

西江月·春暮

（2019-04-25）

春暮雾弥亭榭，疾风一夜吹开。

天蓝朗朗自然来，山岳洋洋气派。

世路崎岖无已，等闲方见形骸。

莫愁大道不怜才，且看旗风酒寨。

注释

雾弥：形容雾大，使物隐形于浓雾。［北宋］秦观《踏莎行》："雾失楼台，月迷津渡。"

无已：没有止境、终了。《战国策·韩策一》："夫以有尽之地，而逆无已之求。"

形骸：指人的躯体或外貌。［明］唐寅《感怀》："镜里形骸春共老，灯前夫妇月同圆。"

旗风：借指酒旗随风飘扬。［唐］杜牧《江南春》："千里莺啼绿映红，水村山郭酒旗风。"

附诗：

西江月·读春暮词有感

（2019-04-26）

吉　水

谁道春光忒短，个中滋味犹长。
轻痕浅迹有余香，认取眉间心上。

圆缺何须嗔月，暖寒一笑无妨。
当筵堪醉莫辞觞，去岁年华难往。

西江月·再说春暮

（2019-04-27）

莫道乍寒春暖，玉楼帘密醪香。
朝云唤雨洗垂杨，临暮东风送爽。

又是依稀残月，兼收半日昏黄。
休愁去岁误韶光，醇酿经年始飨。

注释

韶光：美好时光，也泛指光阴。《武王伐纣平话》卷上："韶光似箭，日月如梭。"

忆王孙·入伏兼寄重逢三首

（2019-07-12）

其一

殷殷萱草顾霞光，彩袖纶巾还序庠。

一剪青丝犹断肠。

梦颜伤，风过荷塘半亩香。

其二

三声亭外笛悠扬，绿蔓红萝闪影忙。

雁字翩翩竞夏妆。

怨斜阳，八面纷飞泉两汪。

其三

青青丹若染晨霜，繁叶荫深待客郎。

犹似儿时逛学堂。

恨无常，最忆无猜韶景光。

注释

序庠：古时称规模较大、格制较高的学校为庠序。

丹若：石榴的别称。

忆江南·闰伏夜

（2019-08-06）

梧桐树，明月照游凫。

长夜难眠亭上坐，百年烟雨化樽壶。

叶落影踟蹰。

残梦破，闰伏念归途。

日暮更思蓑笠客，京城七月不飞狐。

雾恋故乡庐。

浪淘沙·梦斜阳

（2019-08-18）

白马梦斜阳，万顷红装。
蓬莱暮鼓起苍茫。
天降金波流大海，不舍长廊。

曼舞榭歌凉，灯影愁伤。
朱砂一点画童妆。
水袖桃花环佩响，谁是新娘？

望海潮·极目鹰角

（2019-09-05）

梧桐疏掩，黄墙彤瓦，秋风又弄金华。

鹰角俊亭，鱼翔浅水，新洲弱柳禽家。

琵鹭戏游虾。看鸥鹳齐舞，风满天涯。

浪涌兰溪，几分秋色醉栖鸦。

棋逢酒寨闻筯。待初阳浴海，驰艇生花。

山墅未空，王孙沓至，重温世事堪嗟。

滩皱海潮斜。倩倚阑凌远，犹赏云霞。

无奈渔舟唱晚，归忆浪淘沙。

注释

黄墙句：指北戴河近代欧式别墅群。依山而建，高台长廊，黄墙红瓦，绿树
环抱。

鹰角句：指鹰角亭，始建于 1937 年。位于北戴河东北角，其临海悬崖处有
一巨石形似雄鹰，故名。因常有野鸽栖息，又名鸽子窝。1954 年夏，毛泽
东曾到此观海，写下《浪淘沙·北戴河》。1985 年，建 50 米望海长廊以纪。

鱼翔二句：指浅水湾湿地。占地 5 万多平方米，北方最大的观鸟湿地，每年
有数百种水鸟迁徙至此，觅食、嬉戏、翱翔，场面慑人。

初阳浴海：红日浴海，也称浴日，当地特有的日出奇观。仲夏黎明，可偶见
一个太阳粘着另一个太阳喷薄欲出的奇景。

王孙：旧时对人的尊称。

水龙吟·和望海潮

（2019-09-06）

杜 鹃

啾啾滩上过栖鸟，无际黄昏秋草。

蓼红岸外，石矶汀畔，砧声谁捣。

渔火千家，寒星万里，蓝桥多少。

听征鸿几点，平沙望断，情无限，云罗巧。

回首浮生途渺。慨苍茫，天涯共老。

寂寥沧海，凄凉孤棹，河山一表。

故国风花，家园明月，梦中常扰。

系愁人酒色，殷勤佳景，问君安好。

七律·己亥中秋

（2019-09-13）

云清月朗碧空尽，
暮笼斜阳照九州。
千里巴山平野过，
百回蜀水浩穿流。
人间期许逢甘露，
天上分离驶苦舟。
敢问婵娟谁与共，
缘何大地起岚愁？

南歌子·邕州秋思二首

（2019-09-21）

其一

驿枕高无梦，桄榔暗自香。

人言八月感秋霜，不到邕江听雨枉愁肠。

其二

一斗相思酒，微醺坠梦乡。

菊花篱外小轩窗，雨打芭蕉点点恨天荒。

注释

邕州：南宁古称。

鹧鸪天·国颂

（2019-10-01）

天阙观花献紫衣，莽原起舞续传奇。
北疆擂鼓金狮吼，南国开锣焰火飞。

年七十，叱风雷，龙泉宝剑喝天威。
阳关古道扶羌远，乌海鸣沙戴月辉。

行香子·又见重阳（外一首）

（2019-10-07）

往事犹伤，又见重阳。

山花乱、霓缦云裳。

去年今日，独上松冈。

咏赣西江，楼西月，鲁西庄。

不堪回首，何处温乡。

盏中醅、终会残凉。

登高放眼，枫墨阡桑。

望雁成阵，叶成毯，路成霜。

七绝·话重阳

（2019-10-10）

两年两度过重阳，

两种心情两景光。

今岁不谈前岁事，

两般心绪两愁肠。

附诗：

行香子·读又见重阳

（2019-10-07）

吉 水

衾绣犹温，霜冷秋晨。

重阳日、莫道销魂。

世途扰扰，世事纷纷。

觅云中景，杯中月，梦中身。

登高望远，凭栏凝伫。

醉花眠、风竹敲门。

金英带露，红叶含嗔。

叹事无常，情无尽，念无痕。

行香子·依韵君昌君又见重阳

（2019-10-10）

仁 甫

山色环江，巅叠峰昂。

水潺潺、奇石河梁。

白墙黛瓦，稻玉麻桑。

忆昔翻坡，月惨惨，却顽强。

无须回首，新功远渡，

念英名、岁月珍藏。

再翱云汉，再搏茫洋。

未必犹伤，龙已缚，路巍煌。

阮郎归·鸿雁

（2019-10-21）

高楼帘幕卷轻寒，垂兰泪渐干。
夜听风雨照无眠，又将书雁翻。

鬓已白，忆当年，春风坐岸阑。
古今多少醉红颜，魂牵万里关。

注释

垂兰：将燃尽的烛。［唐］李贺《恼公》："蜡泪垂兰烬，秋芜扫绮枕。"

烛影摇红·冬雨暗

（2019-11-09）

白桦依屏，向汉星，烛影摇、芳英颤。
云轻风动过三盘，冬燕啼幽怨。

天晓花堤雨暗，雾朦胧、寒鸦望断。
疾风吹起，又是晴颜，沧溟神眷。

菩萨蛮·长亭二月

（2020-02-23）

长亭二月风摧面，离人路断心头怨。

山叠绊知交，笛吹烟柳挠。

夜来山外馆，日落天涯远。

把酒向灯烧，别思牵醉宵。

注释

题记：是日庚子年二月初一。

绊：萦绊、牵挂之意。

御街行·清明

（2020-04-04）

长风又使琼兰坠，旷野里、莺声唳。

清明花瓣恋春泥，荫处残愁新翠。

相思铺地，白云无际，归去心难系。

昆仑不解人间意，覆雪落、催天泪。

绵山藏否介公襟，谁道寒粮滋味？

年年且过，春来将去，无奈空憔悴。

小重山·关山千里

（2020-04-12）

江畔呦呦传鹿鸣。阵风催客醒，耳边筝。
关山千里送温情。轩窗外，柳下子衿青。

老骥奋天惊。八千云与月，又亲征。
潇潇雨歇一灯明。忧乐共，大道伴君行。

附诗：

小重山·依韵张君关山千里

（2020-05-17）

仁　甫

池苑柔柔雨数声。黄莺莲叶上，远望筝。
青山布谷细声鸣。长亭外，垂柳意盈盈。

荷荡向天峥。三千红与白，逆风迎。
飘飘靓女激情生，同烟雨，且上战舟行。

万里春·长念慈母诲

（2020-05-10）

萱苏拥步，听心莲凝露。

北堂琴、自幼搬弹，百年人若树。

望子寒窗苦，款相劝、不愁朱户。

淡浮云、远拒红尘，笃行昆仑路。

注释

萱苏：萱草，又称忘忧草，代指母亲。

心莲：佛教语，指清净心，喻心清净如莲花。

北堂：指母亲居室。语出《诗·卫风·伯兮》："焉得谖草，言树之背。"毛传："背，北堂也。"

昆仑：指昆仑山，中国第一神山，在中华文化史上具有"万山之祖"地位。此山有高峻、冰洁、石坚的特点。

青门引·初夏忽闻啼鸟疾

（2020-05-13）

午睡伤愁醒，初夏雨风难定。
窗前喜鹊叫凄宁，树巢逸散，历历刺心景。

天涯莫道峨眉冷，独柳黄昏静。
夕阳劝进明月，水光自是金波镜。

附诗：

青门引·和君昌先生初夏闻莺

（2020-05-15）

学 舟

轮回初夏令，痴愚还做春梦。
自怜自艾自多情，尔既离去，何必伤流景。

朝来夕去时运定，风雨无常性。
谁似谪仙从容，月下漫酌三人影。

七律·悟道

（2020-05-30）

南风夜半过闲庭，
门似客敲鸡作鸣。
窗外两声柴犬吠，
村头三顾木兰行。
人生有梦氤氲漫，
大道无形天地明。
莫说江湖常混沌，
黄沙赴海雨边晴。

声声慢·夏雨急

（2020-06-18）

乌云促至，乱雾飞临，飘飘洒洒唳唳。

放眼蛙声连起，似怀春意。

凡心不敌骤雨，怎奈何、梦鸳重启。

暗雨里，断肠声、谢阁瘦花憔悴。

可记长亭棋艺，通楚汉、思量半猜无忌。

阔野天光，尽是摄魂景致。

环山木葱竹细，枕流溪、曲曲锦鲤。

盼玉兔、守得一潭净月邸。

注释

断肠句：谢阁，即谢家，东晋太傅谢安家，后泛指高门世族之家。谢安侄女谢道韫才思敏捷，因"未若柳絮因风起"咏雪而号称"咏絮才"，后以"谢娘"代称才女或心仪女子。此句意化［清］纳兰性德《采桑子》"瘦尽灯花又一宵……梦也何曾到谢桥"。

雨霖铃·空山默

（2020-07-27）

长亭沉路，对诗行客，瞩目无语。

天涯咫尺难默，伊人尚远，西楼烟树。

夜半梧桐滴答，似霖雨倾诉。

雁已去、时续闻铃，冷落空山听愁赋。

柴扉又煮团茶苦，忆当年、楚袖分香处。

吟风豆蔻盈水，收一盏、沁如甘露。

自古伤离，噙泪、心头重锤无数。

待旭日、轻耸眉梢，可望天边羽？

河渎神·咏白露

（2020-09-07）

原上稻稌黄，秋重葱山雾庄。
笛声婉约灶烟茫，远飞斜雁行行。

独倚轩阑观缺月，霜落啼花催叶。
料是汉宫愁别，至今仍诉心结。

七律·伤秋

（2020-09-12）

长笛一声肝寸断，
高车已过济南西。
寒霜唯念子祛冷，
孤鹭常听午夜啼。
叶碎飘零花睡去，
萤光飞逝枕流低。
无言更作伤秋曲，
对酒当歌月上梨。

五律·月满时分

（2020-10-02）

天涯秋月满，
海角镀银辉。
故里凭栏眺，
离人怯意归。
急风吹木叶，
孤侣卷罗帏。
夜幕浮云冷，
举杯邀雨霏。

喝火令·庚子寒露有怀

（2020-10-08）

口暮荷塘冷，西风叶草黄。

断鸿声里落斜阳。

游子锦书何处，笙管正忧伤。

昨夜秋风紧，阑灯梦牵肠。

广寒丹桂散幽香。

会意无垠，寂寞月明光。

我自举杯双影，万里寄思量。

秋夜月·庚子立冬

（2020-11-07）

树头满目黄红，雉无踪。
未品莼鲈梅酒已临冬。

待月半，墨花夬，雾山重。
遥向南天孤馆饮千盅。

附诗：

秋夜月·敬贺庚子立冬

（2020-11-07）

椑 朵

蓝桥白水青烟，碧云偏。
寂寂黄昏红叶落谁笺？

春光渺，秋容老，琐窗寒。
冷月西风孤雁唤遥天。

水调歌头·海思

（2020-12-27）

才过武夷岭，又踏屿花苔。

苍烟摆尾将逝，暮色已低排。

几度回眸荒陌，欲问由巢安在，冷彻路人怀。

正是朔风烈，玉殿不须开。

望沧海，浊浪白，雾龙台。

千秋百代，朱家欢乐赵家哀。

莫说三山邈远，休叹乌骓不逝，一诺岂容猜。

我作钓鱼寨，谁可斩波来？

注释

由巢：许由和巢父的并称。二者皆为尧时著名隐士。《晋书·元帝纪》："愿陛下存舜禹至公之情，狭由巢抗矫之节。"

三山：神话中的三山即海上三神山，因是神仙居住地而格外令人神往。《史记·秦始皇本纪》："海中有三神山，名曰蓬莱、方丈、瀛洲"。

乌骓：乌骓马，楚霸王项羽坐骑；逝，去往、行动。《史记·项羽本纪》："力拔山兮气盖世，时不利兮骓不逝。骓不逝兮可奈何，虞兮虞兮奈若何！"感慨英雄末路，时运不济，无可奈何。

天净沙·小寒

（2021-01-05）

塞外雪上云间。

断肠羌笛无言。

莽莽荒原夕烟。

两厢孤馆，一支梅曲相牵。

注释

梅曲：梅花曲，即《梅花落》。［唐］李白《从军行》："笛奏梅花曲，刀开明月环。"

七绝·望西山

（2021-01-08）

初阳旷谷意朦胧，
竹杖西山阅皓穹。
晓雾升烟盘鹫岭，
寻梅踏雪白头翁。

长亭怨慢·大寒

（2021-01-20）

北风凛、天涯孤旅。

寂寞深云，落烟千缕。

举步回头，踏沙余影，向谁诉？

可怜汀墅，涛阵阵、檐垂露。

冷鹊作鸣时，怎忘了、衔花宫主。

泪注。寄云霄别恨，送目绿窗空舞。

今书两地，浅淡幕、易生愁苦。

锦羽瘦、远伫长亭，那人在、燕灯昏处。

问紫塞冰河，谁解梅花疏雨？

注释

紫塞：长城，北方边塞。[晋]崔豹《古今注·都邑》："秦筑长城，土色皆紫，汉塞亦然，故称紫塞焉。"

附诗：

行香子·说大寒

（2021-01-20）

张 洁

风影灯寒，心涌波澜。

轻阴里，远市阑珊。

残冬腊日，回首经年。

写一番书、千番意、万番难。

门前流水，似诉机缘。

披衣起，梦断星残。

山高水远，往事成烟。

盼月常圆、人常健、心常安。

绛都春·庚子除夕

（2021-02-11）

东风拂面，醉喜鹊恰啼，衔枝新殿。

紫陌绿茸，萧索蓝桥归如箭。

忽闻除岁弦春晚，大珠小珠镶青案。

几声竹爆，思乡泽畔，隐稀听见。

桃面，芳凝欲绽，不争艳、自古梅花恬婉。

腊尽曲繁，人道愁肠春风剪。

逶迤城郭烟波岸，断鸿返、悠悠玉管。

广寒羁思眉间，土牛送扇。

注释

弦：弦歌，依琴瑟而咏歌。

春风剪：化用［唐］贺知章《咏柳》："二月春风似剪刀。"

羁思：羁旅之思。［北宋］周邦彦《虞美人》："相将羁思乱如云，又是一窗灯影、两愁人。"

土牛：用泥土制的牛。古时流行农历腊月制土牛以除阴气。后来，立春时造土牛以劝耕。

送扇："扇"与"善"谐音，扇子寓意"善良""善行"，扇子是古时友人间馈赠的常见礼品。

明月逐人来·元夕节

（2021-02-26）

春来何处，追寻河浦。

黄鹂啭、小舟横渡。

暗尘拂马，玉兰吟苦树。月上枝头默仁。

流水伤琴，宸宇阴晴朝暮。

风楼满、何嗟喜怒。

紫雁欲还，犹梦春灯路。纠结桃花深坞。

江梅引·惊蛰偶思

（2021-03-05）

蛰虫惊觉问寒鸥，远陵丘，白悠悠。

尝若暮冬，何事走耕牛？

正月凛风随杏雨，意难去，费思绪、几点愁。

庚子遗恨堪击缶，莫等闲，当聚首。

感怀邀酒，对三友、岚气东流。

北国相思，夹雪向瀛洲。

低语沙鸥虫裹腹，披春露，遣鸿书、玉醴楼。

注释

陵丘：山丘、土岭，亦称陵邱。［北宋］司马光《陪同年吴冲卿登宿州北楼望梁楚之郊访古作是诗》："乘高极回望，坦坦无陵邱。"

玉醴：美酒。古代神话传说东海仙山瀛洲，出泉如酒，味甘，名玉醴泉，饮之可长生。洲上多仙家，山川若九州。［唐］李白《咏山樽》："外与金罍并，中涵玉醴虚。"

附诗：

七绝·和张兄惊蛰

（2021-03-05）

张磊（西藏林芝）

思念成风伫阁楼，
金樽流盏自为酬。
良辰美景天荒老，
白云悠悠何处愁？

绝句·春日三题

其一　五绝·春耕

（2021-04-07）

桃红花沃土，
白马荐春泥。
农父扬鞭上，
新田试故犁。

其二　七绝·春雅

（2021-04-08）

一簇银薇出粉墙，
愔愔雅淡好时光。
盈盈翠染瑶枝露，
拂面熏风庭满芳。

其三 七绝·春怀

（2021-04-12）

桃溪暗涌桃溪洞，
天烛明悬天烛斋。
一片云舟浮梦海，
千蓬雪浪入诗怀。

注释

千蓬：一团又一团。［南宋］陈造《再次韵杨宰七首》："露莲何啻剥千蓬。"

长相思·培田

（2021-04-16）

山一湾，荷一湾。

水转荷尖鱼米鲜，同春鹿鹤翩。

宅几间，祠几间。

身外尘嚣气若兰，善耕心作田。

注释

题记：培田古村距今有 800 多年历史，位于长汀、连城两县官道驿站上，清邮传部官员项朝兴在"至德居"留写题联"庭中兰蕙秀，户外市尘嚣"，可见当时培田村庭内优雅和街市繁华，堪称"民间故宫"。

同春句：都阃府前有"同春鹿鹤"卵石花图，乃古代寓意纹样，又名"同春六合"。"六合"指"天地四方"（天地和东西南北），同春六合便是天下皆春，万物欣欣向荣。民间用谐音，以"鹿"取"陆"之音，"鹤"取"合"之音，"春"则取椿树、山花等，组合起来构成"同春六合"吉祥图案。

善耕句：化用〔清〕石成金《传家宝》："善为至宝一生用，心作良田百世耕。"

七绝·明州屐痕三首

（2021-05-27）

其一　雪窦寺

雪窦山隆雪窦禅，
一尊弥勒坐峰间。
笑声响彻苍天外，
慈海护航人未还。

其二　溪口

文昌阁外湖光好，
丰镐堂中苔晕绵。
醉倚乐亭观武岭，
一枝一叶水云怜。

其三　天一阁

富甲百城天一阁，
寻根问谱遍山河。
崇师明理致皇卷，
代不分书岁月磨。

注释

明州：宁波古称。

百城：书的别称。［北齐］魏收《魏书·李谧传》："大夫拥书万卷，何假南面百城？"称藏书富者为拥"百城"。

致皇卷：清乾隆三十八年（1773），皇家编修《四库全书》，天一阁献珍本638部，被采录473部，成为史上最大献书行动，被推为民间藏书楼典范，从此皇家藏书楼仿天一阁而建。

代不分书：为防止藏书分散和流失，天一阁创始人范钦为后世留遗训：分家不分书，使天一阁藏书成为家族共有共管财富。

鹧鸪天·和晓阳先生端午

（2021-06-16）

端午时辰倦唱哦，低眉忖语怎相和。
一生独醒三闾志，万马难追四水波。

提浊酒，问青禾，长天不雨奈如何？
吾身本是沧浪客，渔父空弹时务歌。

附原作：

鹧鸪天·端午

（2021-06-14）

晓 阳

最是诗家争短长，每逢端午赋题忙。
我无好句堪应景，挥扇窗前伴夕阳。

嗟屈子，问苏郎：牢骚发尽又何妨？
千年一股书生气，未若觥筹作楚狂。

西江月·小暑鄂州思

（2021-07-07）

樊国雾中寻渡，子胥何事奔吴。

洋澜湖上鸟惊呼，独立西山望楚。

官柳折枝村墅，香醪隔雨听书。

龙蟠矶石起王都，且问孙郎何处？

注释

鄂州：帝尧时称樊国，殷商时称鄂国，西周时筑鄂王城，为楚之国都，此为湖北简称"鄂"之由来。春秋时为报楚平王杀父兄之仇，伍子胥奔吴，东三里有接渡石，后伍率吴军复仇。战国时楚襄王流放屈原，屈行吟鄂渚，西山建"望楚亭"纪念。

龙蟠二句：三国时传有黄龙蟠于江心矶上，孙权在此称帝，改"鄂"为"武昌"，取"以武而昌"之义。修吴王城，建凤凰台，后移都建业（南京）。

庆金枝·立秋偶思

（2021-08-07）

长箫管号撑，琵琶乱、悦音行。
闻香梳雨伴云涌，更待凤和声。

玉峰秀竹长生殿，霓裳舞、麝兰经。
扶杆嗟讶画天情，扑泪抱苍生。

风

物

篇

十六字令·初唔天安门五首

（1980-09-05）

其一

天，启命神州万户安。城邦固，国泰众欢颜。

其二

安，运达初开志士贤。天狮醒，瞩望尽雄关。

其三

门，券洞如渊学子昏。齐声怨，玉殿唱胪人。

其四

城，八月蔷薇照壁盈。长安道，打马看花亭。

其五

楼，赭色城台灿瓦流。峨檐耸，面海巨澜悠。

三台·西子初遇

（1996-04-06）

西子千年造访，
故人故事如珠。
花港苏堤看尽，
寄吟秋月平湖。

注释

西子：代指西湖。［北宋］苏轼《饮湖上初晴后雨》："欲把西湖比西子，淡妆浓抹总相宜。"

花港二句：花港观鱼、苏堤春晓、平湖秋月等，西湖十景之属。

七绝·明月山

（2018-06-27）

明月山中望月明，
幽蓝澈宇闪金星。
嫦娥嗟叹宫寥寂，
俯瞰人间尽玉亭。

五律·小暑仙游二首

（2018-07-07）

其一

持矛探暗幽，
饮炽洞中游。
潋起莺声厉，
桨催蛙叫休。
浮云无去意，
骤雨乱珠稠。
遍识凝香处，
原来梦蝶留。

其二

持弓探峭溶，
仗箭洞中游。
漩动棹歌起，
长驱镝哨休。
昏灯连润雨，
曈日照兰舟。
呼遍孤山穴，
扶摇醉玉畴。

注释

乱珠：琼珠。喻露珠、水珠、汗珠等。[南宋]杨万里《清晓趋郡早炊幽居延福寺》："危峰上金镜，远草乱琼珠。"

长驱句：长驱直入，放镝收兵。[魏]曹植《名都篇》："揽弓捷鸣镝，长驱上南山。"

醉玉：形容男子醉态。[南宋]史浩《瑞鹤仙·劝酒》："又何辞醉玉颓山，是处有人扶著。"

七绝·观振华先生传京城雨后图偶感

（2018-07-18）

京城也有雨时节，

恣肆民间愁不迭。

蟹将兴风地覆云，

天兵蹈海怒擒鳖。

七律·苦夏逢雨

（2018-08-05）

　　七月流火，连绵不绝，灼人如奄。今夜初雨，略感清爽，欣然赋诗。

京畿七月暑难当，
建盏三杯纳世凉。
画舫勾栏雷电起，
珠帘卷雨荔蕉香。
谁人池畔演长笛，
兀自娇荷作淡妆。
树下莲蓬丝万缕，
举头北望雾山庄。

五绝·林芝二首

（2018-08-20）

其一

大鸟剑南翱，
推云暑意消。
尼池呈四瑞，
藏布更逍遥。

其二

沌宇渺茫间，
米林悬镜关。
层峦藏古柏，
疑是莫干山。

注释

林芝：林芝系藏语"尼池"译音，意为"太阳宝座"，有"西藏江南"美誉。
莫干山号称"江南第一山"，故而遥相对应。剑南：指剑门关以南，也称剑
外，泛指蜀地，为进藏必经之路。藏布：系藏语"江河"。

米林：林芝机场建在米林县内。

七绝·探藏

（2018-08-21）

山舞银蛇天易旋，
云浮气霰过凡间。
喇嘛岭上佛光照，
幽谷渊中涧水潺。

怨回纥·蜀道羞于墨脱言

（2018-08-24）

墨脱是全国最后一个通公路的县。自建成之日便常被洪水、泥石流冲毁，时断时修，极其艰险，密林深处偶有蚂蟥出没。人说：在到过墨脱的人面前不要说行路难。

莫道世途险，
羞于墨脱言。
乱峋穿瘴过，
恣水拍云翻。

鸢鸟疑飞绝，
魆蟥故作奸。
谁言川路苦，
呼尔此城盘。

注释

墨脱：藏语意为"花朵"，墨脱地处雅鲁藏布江流入印度前在我境内最后一县，也是藏东南山高谷深路最险的县。地势北高（海拔 7756 米）南低（海拔 115 米），四面环山，形似莲花。在藏传佛教经典称"博隅白玛岗"，意为"秘境莲花"。

七律·云海赋

（2018-09-26）

万米高空观云海所感。

巡空遥望苍穹寂，
混沌洪蛮无止疆。
固垒推倾千吨雪，
核云爆蔽万园荒。
幸承盘古开天地，
促醒蛟龙跃海洋。
几处泥丸微浪卷，
原驰铁马逐公羊。

注释

铁马：身披盔甲的战马。[南宋]陆游《十一月四日风雨大作》："夜阑卧听风吹雨，铁马冰河入梦来。"

公羊：指《春秋公羊传》，与《春秋》起讫时间相同，儒家经典之一，作者系战国时齐人公羊高。这里代指史册。

五绝·丹霞山（外一首）

（2018-09-27）

　　踏访张掖丹霞。初刊于《金张掖周刊》2018 年 11 月 8 日 B08 版。

太上老君灶，
炼成七彩丹。
陨消西陇壑，
大地起虹磐。

七绝·张掖丹霞

倾翻太上老君灶，
洒落人间七彩丹。
寻遍九州无觅处，
丹霞张掖尽斑斓。

七绝·登崇文楼（外一首）

（2018-09-28）

古有高台悬冷月，
今观弱水上高台。
高台远阔汉时驿，
冷月披波滚滚来。

外一首

古有驼城悬冷月，
今观弱水映高台。
新园盛越汉时驿，
玉兔披波踏鼓来。

注释

题记：汉时所筑骆驼城遗址，位于今高台县境内，高台因而得名。今高台县在黑河（又名弱水）畔又筑崇文楼，为高台新地标，与古骆驼城遥遥相望。初刊于《金张掖周刊》2018 年 11 月 15 日 B09 版。

今观句：站在崇文楼上，远观高台县城，见座座高楼拔地而起，犹如新的座座高台（城堡）。夜晚，有月入长河、踏歌而来奇景。

七绝·冬古村

（2018-10-22）

苏峰山下依冬古，
归港渔舟唱暮歌。
岸上顽童嬉海浪，
船头白鹭望家鹅。

捣练子·立冬

（2018-11-07）

秋已尽，冷霜侵，厉厉蝉鸣木叶吟。
晚续凛风吹万树，晓来庭静落英深。

鹧鸪天·鲁朗秘境

（2018-11-25）

漫卷琼花碧宇间，广寒一夜降人寰。
晓来鲁朗如仙境，从此何愁凭玉栏。

披素缟，渡神山，玲珑世界绝尘喧。
冬梅应解青娥意，一片冰心戴玉颜。

如梦令·八咏无恙

（2018-12-06）

　　初冬，通往八咏楼的石板路上细雨霏霏，街静人稀，雨打芭蕉，滴答作响。原作刊于《金华广播电视报》2018 年 12 月 28 日 04 版。

石板粉墙空巷，细雨霜风孤将。
冬季踏江城，心系沈楼玄畅。
无恙，无恙，里弄屐声犹荡。

注释

八咏：指八咏楼，原名玄畅楼（元畅楼），始建于南朝，楼高数丈，面向婺江，立于百余石级之上。史家沈约多次登临赋诗，留下八首长篇，谓《八咏》，唐初以诗命楼。南宋词人李清照为躲避战乱曾暂居金华，留下名篇《题八咏楼》："千古风流八咏楼，江山留与后人愁。水通南国三千里，气压江城十四州。"

孤将：明末婺城守将朱大典，面对潮水般的攻城清兵，视死如归，拒不投降，壮烈殉职。失陷后金华遭屠城三日，五万人血染婺江。

七绝·巴山渔火

（2018-12-17）

雾笼巴山渔火迷，
两江流水送舟栖。
忽闻岸上笛声亮，
回首茫茫双目凄。

七绝·童书

（2018-12-21）

筼筜书院小儿郎，
泼墨挥毫堪自强。
遥想鲁家邻舍妹，
欣然国学脉源长。

七律·冬至白鹭洲

（2018-12-22）

筼筜湖水映星稀，
几束追光白鹭痴。
迩睇女神嬉丽鸟，
遐观演武跃龙池。
嘉庚沥胆亲情疾，
郑氏披肝悍虏靡。
道是临冬窗友近，
铜锅团坐煮新诗。

七律·东明寺

（2018-12-26）

久闻闽海有名苑，

今日诚参非妄传。

卧佛坛前僧诵德，

喝云台下众求禅。

渔鸥点点东门屿，

暮鼓声声南港船。

骇浪无侵神鬼泣，

文峰揽胜誉中天。

注释

题记：东明寺位于黄海东门屿上，始建于明代，以国内海拔最低禅寺著称。

渔鸥二句：东门屿有文峰塔，石制塔身，建于明代，见证周边 500 年历史。由文峰塔远眺东山岛南门湾，海上渔鸥点点，港湾宁静，水天一色，宛如仙境。

骇浪句：多次台风刮至东门屿皆绕道而行，东明寺毫发无损，是为传奇。

清平乐·南溟书院

（2018-12-29）

惊涛拍岸，浪打云空远。
东海潮遮邹鲁面，幸得朱祠开卷。

门推西蜀陵山，窗含文塔银湾。
更有魁星鳌立，天开文运如澜。

注释

题记：南溟书院也称朱子祠、文公祠，主祀朱熹，建于明朝。立于古嵝山上，可远眺苏峰山，俯瞰铜山镇，东临东门屿。脚下南门湾宛若天池，故称"南溟"。书院周围集明代以来摩崖石刻"天开文运""学海文澜"多方。东山县自古崇尚文化，有"海上邹鲁"之称。

邹鲁：邹，孟子故乡；鲁，孔子故乡。常以邹鲁代指文化昌盛之地、礼义之邦。

西蜀陵山：苏峰山又称川陵山，东山岛主峰，东山县得名。《东山县志》："昔江夏侯以此山不减西蜀峨眉山，故名苏峰山。"

七绝·辞旧

（2018-12-31）

夜半听涛鬓发蓬，
窗前碧浪洗晴空。
闻鸡啼砚不知暮，
万缕夕光雕彩虹。

七绝·日食

（2019-01-06）

　　清晨，穹宇上演新一年首场"日偏食"。我国中东部地区可见"带食日出"奇观，约两小时。

腊月撩纱北国寒，
鸡鸣难醒一方天。
忽闻檐外悬亏日，
疑是残阳降夕烟。

七律·春节（外一首）

（2019-02-05）

九州正月闹龙灯，
锣鼓欢喧乐满城。
万树青枝招雁阵，
千湖绿水引鹅声。
临春沃野三江阔，
得道高朋四海明。
大路无垠天有愿，
持耙己亥又催征。

七古·拜年

张灯结彩满园欢，
君喜桃符门柱牵。
昌盛人间新韵唱，
给予大地未央天。
您为妙曲我司管，
拜谢亲朋及早传。
年复一年家国事，
了然四海梦团圆。

江城子·临苏峰

（2019-02-08）

苏峰山下日初红，浪千重，岫峋隆。
阡陌苔田，白鹭步从容。
千壑纵横无绝路，崖百丈，足悬空。

解衫挥汗始登峰，木麻浓，谷碑丰。
双目天池，惊世秀苍穹。
臂挽金銮连六屿，犹琥珀，润清风。

注释

木麻二句：1950年谷文昌随军解放东山岛并留任县委书记，面对风沙肆虐的荒岛，谷文昌带领群众苦战数年，终于试种成功木麻黄，止住风沙，变荒岛为绿洲。如今斯人已去，满山遍野的木麻黄，已成丰碑。

浣溪沙·话梅

（2019-02-27）

二月逢梅且话梅，酸梅非类亦称梅。

嗅梅香雾辨真梅。

踏雪寻梅梅岭过，品梅滋味赞佳梅。

赏梅剪得一株梅。

注释

香雾：香气。［唐］韦庄《浣溪沙》："一枝春雪冻梅花，满身香雾簇朝霞。"

梅岭：位于五岭之一大庾岭之要塞段，处于赣粤交界地带。古时山上多梅，故名。［唐］杜甫《哭李常侍峄二首》："短日行梅岭，寒山落桂林。"

七律·春期

（2019-03-01）

暮霭深深灯火迷，
行人攒动盼佳仪。
桥头唱贩声声怨，
船上猜拳阵阵离。
戏水鸳鸯浮醉意，
摇枝玉叶报春期。
东风万里催归雁，
振翅白鸥天际齐。

五绝·春夜二首

（2019-03-07）

其一

月冷凤啼绝，
冰消春意浓。
梧桐幽径暗，
鼓瑟翘萍踪。

其二

暮重西风急，
鸟鸣残月凄。
寒梅怜二士，
淡酒释春泥。

满江红·峥嵘岁月

（2019-03-20）

　　为电视新闻委员会成立 30 周年而作。内含委员会创会至今多位负责人姓名谐音。

遥想当年，千城叹、晚屏寥寂。

民愿景、讯咨和畅，瞭知邻壁。

幸得十君初聚义，唤来百郭商盟息。

举大旗、谋共济同生，相无逸。

行明路，知马力。银龙舞，襄阳忆。

望断天涯旅，魂牵孤匹。

曾上远峰观雪霁，彩云翔鹤留踪迹。

三十年、徒步再江湖，招新律。

七律·汝州赞

（2019-03-24）

崆峒山下汝河水，

纵贯五湖依翠微。

十里烟花连碧海，

千帆过客醉朝晖。

张公巷底古瓷艳，

洗耳溪边今事巍。

遍地许由宜问道，

仰天纱帽紫云飞。

注释

张公巷句：张公巷汝窑址位于汝州城区，2000 年春开始出土窑具、瓷片，今已探方 2500 平方米。2006 年被国务院公布为第六批全国重点文物保护单位。

洗耳溪句：许由为尧帝时期名士，尧欲传帝位与之，他却推荐舜并躲入箕山。尧又派人请他做九州长，他嫌此言脏耳，以溪水洗耳，表达出世之志。此水得名洗耳河。

纱帽：指汝州城北纱帽山。曾是一片荒坡地，2015 年在此投建科教园区，仅 14 个月，一座集教育、旅游于一体的新城拔地而起，为百城建设提质打开思路。

行香子·虎峪一瞥

（2019-04-24）

雾锁空山，燕落林间，百重阶、尽可通天。

磨盘山下，夫子观澜。

见峪湖畔，千吨石，瀑如川。

青龙白虎，蟠踞皇关，若幽蓝、吐纳青烟。

似曾相见，却是初攀。

愿涉经远，跨山涧，再朝前。

注释

虎峪：峪沟长 12 公里，两侧为酷似虎皮斑纹的岩壁，位于昌平城北 9 公里处。"虎峪辉金"为古燕平八景之一。

通天：通天池，攀百级石阶可达。诗云："越到深处景愈幽，不到通天恨此生。"

磨盘二句：磨盘山海拔 1060 米，为景区最高峰。旁有夫子石，若老者扶杖远望云涛。

虎峪湖：虎峪水库与羊尾湖统称。旁立千吨石，雨后 30 米悬崖飞瀑。

青龙三句：景区东部为蟒山，似卧龙；虎峪在西，呈"左青龙、右白虎"拱卫皇陵之势。[元] 周伯琦《龙虎台》："苍龙左蟠拿，白虎右踞蹲。"山上雾云洞，雨天洞中会飘出朵朵白雾。

经远：经涉远途。

山涧：指雀儿洞。有金泉水、一线天，可静观云林，远眺龙潭，疑世外桃源。

七律·二月兰

（2019-05-06）

长亭古道中河畔，
连碧迎春二月兰。
日照烟飞腾紫雾，
情牵露饮遍荒滩。
常思诸葛征途案，
急作军师平野餐。
纵使问花花不语，
更当珍重盛罗纨。

注释

二月兰：别名翠紫花。我国东北、华北、华中地区常见的一种野花，花朵不大，紫白相间，因农历二月始开，故称二月兰。花期较长，常开于路边、坡地，为北方较早报春花。

常思二句：传诸葛亮多次率军北伐，粮草不足，得知此花茎可充饥、叶可饲马，便令广植此物，因而二月兰又名"诸葛菜""救军粮"。平野，即旷野，这里指远征途中。

罗纨：丝织品，借指二月兰。［明］袁宏道《晚游六桥待月记》："罗纨之盛，多于堤畔之草。"

七律·送春晖

（2019-05-09）

四月和风传夏息，
莺歌草长麦苗宜。
迎花欲放怯情早，
锦带还飘离意迟。
柳絮纷飞遮紫叶，
蔷薇荫动露青枝。
夕阳疏影渡流水，
满目春晖梦里诗。

注释

迎花：迎夏花，又称探春花，春末夏初，花满枝头，为我国特有植物。

锦带：锦带花，别名海仙花，主要分布在我国北方。花朵似仙女身上的锦衣，绚烂飘逸；常寓意前程似锦。

水龙吟·梦里铜梁

（2019-09-11）

紫山琼水皆烟色，暮罩群峰龙瀚。

川江号响，天门中裂，巍楼扑面。

梦系铜梁，舟车之上，平川呼现。

看水龙蹈火，向天祈雨，铁花泻，莺声乱。

不眷炽津酷炫，念韩公，遗踪难见。

九宫八景，人灯稀淡。

涪江堤岸，堂庙相连，几分禅意，几多浮怨。

伫桥头望远，玻仑托月，叹心中愿。

注释

铜梁：铜梁古属巴国，今为重庆辖区，位于长江上游。铜梁龙灯（以火龙舞为代表）闻名遐迩，列首批国家非遗名录。

紫山句：紫山指紫极山，琼水即琼江（又名大安溪）。铜梁安居古镇位于紫极山之南，琼江、涪江交汇处南岸，以"安溪"谐音而得名。古镇始建于隋朝，距今1500余年，曾是商贾云集的水陆要冲。《光绪铜梁县志》："乘小舟入琼江，可七八里，岸转山出，翠壁直插云霄，上为紫极山，竹树蒙密中，有古观。"

念韩公：玻仑石壁记载，唐代文豪韩愈曾流连此地，留下墨宝，目前仅存"鸢飞鱼跃"石刻。

九宫句：指"九宫十八庙"和"安居八景"。

玻仑句：古镇东邻玻仑山上建有玻仑古寺，玻仑捧月为著名八景之一。《光绪铜梁县志》："黄昏至寺……忽觉清光大来，涧鸟飞鸣，水镜冰轮，恍似从山顶涌出，飞挂于老树虬枝间，寺后山石嶙峋，高不胜寒，下方仰视，又疑巨灵伸指，捧出白玉盘也。"

少年游·洞庭行

（2019-09-29）

君山七十二连屏，极目水烟凝。

扬帆远浦，江关塔影，渔棹演归笙。

秦皇汉武封功处，雁叫洞庭清。

悲喜无忧，踏歌八百，竹杖伴长行。

注释

君山：古称洞庭山、湘山，是八百里洞庭湖中的一个小岛，与岳阳楼遥遥相对，由大小 72 座山峰组成。传说舜帝的二妃娥皇、女英曾来这里，死后封为湘水女神，屈原在《九歌》中称之为湘君和湘夫人，故后人将此山改名君山，列天下第十一福地。

秦皇句：君山名胜繁多，有秦始皇封山印、汉武帝射蛟台等。唐代以来，李白、杜甫、辛弃疾等诗人曾登临君山揽胜抒怀，留下名篇。李白的"淡扫明湖开玉镜，丹青画出是君山"、刘禹锡的"遥望洞庭山水翠，白银盘里一青螺"使君山名声大振。

巫山一段云·初遇巴南

（2019-10-18）

巴国桑麻地，化溪绕渚流。
圣灯山色峨眉楼，鱼洞挽龙洲。

江水升明月，稀星照客游。
山重水复枇杷秋，河畔尽风流。

注释

巴南：原巴县，旧县府在鱼洞，为巴国都邑。现区府迁至龙洲湾。此湾为长江流经巴南遇圣灯山、云篆山相夹急转而成，江中有钓鱼嘴沙渚，吻部正对鱼洞，似欲游进，鱼洞即名。

圣灯句：此山云雾缭绕，有"川东小峨眉"之称。

醉太平·洪崖洞

（2019-10-19）

洪崖靓晴，灯煌榭明。
叠嵯吊脚潮声，看山楼动筝。

双江汇盈，金波玉亭。
天门远眺嘉陵，醉巴渝道情。

注释

洪崖洞：原名洪崖门，位于长江、嘉陵江交汇滨江地带，古重庆城门之一，曾被元兵所破。2006 年斥 3.85 亿元依崖筑 11 层吊脚楼台，再现巴渝精神。

绕佛阁·登千佛山

（2019-11-02）

佛光四溅，清观次第，云径霄汉。

泥足蹉短，舜皇历下躬耕向山远。

踏高放眼，弥勒顿现，人织如练。

秋叶红乱，望青岱岳齐风大明岸。

夕照冷烟起，半壁松杉穿雾漫。

千佛洞中瑰雕惊世卷，叹栩栩漓酣，

梁绕弦管。紫光西返，乃气度慈船，

途尽涯断，莫嗟悲、九韶将绽。

注释

千佛山：位于济南市南偏东，海拔285米，与趵突泉、大明湖并称济南三大名胜。古称历山，《史记》载"舜耕历山"，又名舜耕山。

云径：兴国禅寺前立有"云径禅关"坊，意为寺院高耸，由此入仙界。建于清乾隆初。

放眼：兴国寺东侧，有乾隆御笔"历山院"，称东庙，院前建一览亭，居高望远，弥勒胜苑、大明湖光尽收眼帘。

千佛洞：洞内万余尊仿雕，荟萃敦煌、龙门、麦积、云冈四大名窟之精华。

途尽二句：意化兴国禅寺名联："山逢曲处皆有寺，路欲穷时便遇僧。"

九韶：又称大韶、箫韶，舜的乐舞。《庄子·天下》："舜有《大韶》。"也泛指美妙的乐曲。

霜天晓角·清秋照

（2019-11-03）

参观济南李清照纪念堂拾得。

泉都菊闹，鲤跃惊飞鸟。

天尺不量新岁，莲神驻、清秋照。

金章何足恼，玉词天下傲。

题壁气通豪婉，去国恨、离人道。

注释

莲神句：李清照被尊为藕花神，供奉于大明湖畔的藕神祠。

金章二句：李清照与其夫赵明诚乃金石学代表人物，但李清照诗词成就更大，成为婉约派词宗，留《漱玉词》，有"千古第一才女"之称。

水调歌头·缙云山

（2019-11-23）

几近紫霞畔，道是缙云山。

梦中曾往神游，今睹似谙颜。

丽鸟啾啾鸣亮，思竹层层碧海，举足白云边。

崖陡知恒力，离舍不轻弹。

踏狮峰，晓碚水，识归鞍。

清风宽袖，漫步晨雾翠枫间。

欲借禅堂问事，又恐庭深寺冷，怯步转经幡。

待到雪花月，剪烛照流泉。

注释

缙云山：古称巴山，位于重庆北碚温塘峡畔，海拔 1050 米，山间云雾缭绕，早晚色赤如霞，故名。与峨眉、青城并称蜀中三大宗教名山。

碚水：指嘉陵江，古称渝水。全长 1100 多公里，居长江支流之首。流经温塘峡段，有巨石伸入江心，北碚得名。

禅堂：指缙云寺。始建于南朝，距今 1500 多年，国内唯一迦叶古佛道场。因山中有相思岩、相思竹、相思鸟，唐宣宗皇帝赐额相思寺。

锦缠道·过龙泉驿

（2019-12-05）

叶落龙泉，驿站夕阳秋步。

睹丛荫、晓舟轻渡。

木亭霖雨苔衣路，陌上留痕，却未惊鸥鹭。

望凌波锦东，遍寻山墅。

满丘云、凤箫牵顾。

访书童、遥指朦胧，最石灵深处，袅袅清烟暮。

注释

题记：龙泉驿，蜀国辖地，元时设陆路驿站，明代改称"龙泉"，始称"龙泉驿"。清代"龙泉驿"既是驿站名，也是地名，沿用至今。现属成都市九区之一，位于市区东南、龙泉山脉中段，素有"四时花不断，八节佳果香"美誉，成都大学坐落其间。

叶落句：辖内龙泉湖位于龙泉山脉中段，为成都最大人工湖，湖岸长 54 公里，水面开阔，有半岛 28 个、孤岛 14 个。1977 年，中国第一颗人造地球卫星降落地点就在龙泉湖大土湾。

石灵：现龙泉驿区十陵街道石灵社区有明蜀定王次妃墓、明蜀昭王陵、香花寺蜀王陵、明蜀赵妃墓、谢家老房子蜀府陵墓等古迹群。

雪梅香·小寒偶思

（2020-01-06）

夜风静，疏林月下雪闻声。

寄梅花丝语，寒冬可受凉惊。

心遁尘嚣慕云寂，梦祈莲座碧枝生。

佛云阔，古道贞情，池岸玄冰。

晨行，看花树，木挂猫熊，玉鼠呆萌。

虎啸生风，雀鸣彻裂天晴。

昆玉河边正愁渡，广阳空谷起银筝。

挥尘去，笑望西东，归续青灯。

四园竹·人间四月乐陶然

（2020-04-26）

是日游陶然亭。该亭现为中国四大历史名亭之一，距今300多年的陶然亭、700多年的慈悲庵，以及1954年从中南海移来的云绘楼、清音阁等建筑坐落其间。1985年修建"华夏名亭园"，按1∶1比例仿建36座华夏名亭。词中涉及15座亭阁之名。

慈庵渚上，树树碧桃嫣。

拂风爰晚，云绘画船，亭伫湖烟。

春欲留，花已倦、离人望断，画眉枝蔓吟欢。

转池前，流觞曲水疑帆，沧浪独醒人间。

曲涧鸣泉一揽，堂草临风，浸月鹅栏。

闲阁岸，唱赤壁、清音达万园。

七娘子·立夏

（2020-05-05）

方闻南岭环妃笑，快荔来、晨雾知晴早。
北国丁香，枝头犹俏，融融长夏三更到。

山南海北萋萋草，燕阁闲、莲蕊听蛙叫。
斗转东南，绿肥红袅，熏风万里东君老。

注释

环妃笑：指妃子笑，荔枝一种，别名落塘蒲。相传杨玉环喜食荔枝，但荔枝产于南方，距长安千里之遥。玄宗为让贵妃吃上鲜荔，命快马日夜兼程运送，味道不变即达京师。[唐]杜牧《过华清宫绝句》："一骑红尘妃子笑，无人知是荔枝来。"妃子笑因而得名。

东君：民间传说司春之神。[唐]王初《立春后作》："东君珂佩响珊珊，青驭多时下九关。方信玉霄千万里，春风犹未到人间。"

五律·夏夜听风

（2020-05-18）

夏夜清风爽，
潜帏伴我眠。
枕边神女怅，
窗外宿牛怜。
抬眼观星汉，
折腰著墨田。
何言须鬓白，
喜作地行仙。

注释

神女怅：代指《神女赋》（[战国]宋玉著）。

地行仙：原指佛典所记一种长寿神仙，后多喻高寿或隐逸避世之士。[南宋]
辛弃疾《水调歌头·寿南涧》："上界足官府，公是地行仙。"

附诗：

五律·敬和夏夜听风

（2020-05-18）

杜 鹃

山村草木葱，
浅浅夏来风。
青杏枝头小，
樱桃叶下红。
云移花不语，
斗转月凭空。
静夜蛙声里，
恬然入梦中。

长相思·观双星伴月

（2020-06-09）

指环游，战神游。
双宿天河伴月流，孤凉灵匹愁。

云欲休，风未休。
后羿传书丹桂楼，婵娟绾玉钩。

注释

双宿：指土、木二星宿。土星又称"指环王"，木星又称"宙斯神"（战神）。
2020 年 6 月 9 日凌晨后东南夜空现土木双星伴月奇景。

灵匹：牵牛、织女（牛女）两星的统称。［南北朝］谢惠连《咏牛女诗》：
"云汉有灵匹，弥年阙相从。"

丹桂：传说月中有桂树，后用以代指月亮。

中秋月·国庆节

（2020-10-01）

冰轮阙，碧波寒露香熏叶。

香熏叶，婆娑点影，诵风心切。

百年几度中秋月，皎光普映神州节。

神州节，海空鹰击，汉关旗猎。

注释

题记：今年中秋、国庆双节并蒂，本世纪仅有四次。中秋月词牌，又名忆秦娥。

冰轮：月亮。［北宋］苏轼《宿九仙山》："夜半老僧呼客起，云峰缺处涌冰轮。"

汉关：原指汉代边关，现泛指华夏疆关。［唐］严武《军城早秋》："昨夜秋风入汉关，朔云边雪满西山。"

七绝·屏上观潮

（2020-10-05）

钱塘潮涌自天来，

一线渺茫江面开。

气压盐仓排岸起，

砰然浊浪震瑶台。

附诗：

七律·敬和屏上观潮

（2020-10-07）

霖　朵

声闻滚滚海天来，

拍岸惊涛浪迭摧。

豕突纵横成一线，

狼奔汹涌上三垓。

恣睢水府淫威炽，

义愤钱镠满弩开。

惠施千年潮莫虐，

之江犹避大王台。

夜游宫·甲秀楼

（2020-10-24）

雁叫南明晓渡，碧潭渚、笙歌无数。

银汉浮波月倚柱。

璀明宫、照沙洲、莲瓣路。

甲秀楼前树，罩黛瓦、翠微烟暮。

玉兔飞檐翅角处。

浪轻涟、映明珠、观铁杵。

注释

题记：甲秀楼位于贵阳，建在南明河一块巨大的鳌矶石上，取意"科甲挺秀"。始建于明朝万历年间（1573—1619 年），有 400 余年历史。楼侧由石拱"浮玉桥"连接两岸，桥上有涵碧亭，桥下有涵碧潭、水月台，桥南有古建筑群"翠微园"，依山傍水，与楼隔水相望。入夜，景区灯光璀璨，楼角倒映河中，宛若天上人间。

莲瓣路：浮玉桥是与颐和园玉带桥齐名的风景桥。桥面像浮在水上的玉带，有人从桥上走过，仿佛在水面行走，有诗云"水从碧玉环中流，人在青莲瓣里行"。

铁杵：甲秀楼前原竖铁柱二根，为清朝时所立，象征和谐番邦。现移存贵州省博物馆。

苏幕遮·吴淞口

（2020-10-27）

雾蒙蒙，枯叶柳。

野墅烟波，争渡吴淞口。

荒苇平堤闻弹吼。

炮锁双江，战絮黄昏后。

水迢迢，江海绣。

冷夜孤台，万亩芦花缶。

暗幕邀星三斗酒。

暮霭沉沉，灯塔连苍狗。

注释

题记：吴淞口位于黄浦江与长江交汇处，为古吴淞江入海口，建有炮台，系
重要海防要塞。

苍狗：灰白色的狗，喻事物变化莫测。出自［唐］杜甫《可叹》："天上浮云
如白衣，斯须改变如苍狗。"意为浮云像洁白的衣裳，顷刻又变得像苍狗。

浣溪沙·红叶猜

（2020-11-08）

红叶飘然北国来，谁人拾得费人猜。
相思相见梦云台。

讶异数声朱雀语，一株银杏伴孤崖。
小阳十月赏心怀。

临江仙·涞滩古镇

（2020-11-29）

三面悬崖生古寨，披山带水临风。

鹫峰鼓角挂帘栊。

宕渠环二佛，栖鸟慕天红。

望断千年船泊岸，往来商贾云踪。

蜿蜒石板画楼通。

秦时明月在，把酒问黄龙。

注释

二佛：二佛寺，原名鹫峰禅寺，位于合川涞滩镇渠江西崖鹫峰山上，为全国罕见佛教禅宗造像聚点。始建于唐而盛于宋，主佛（二佛）面北背南垂坐，通高 12.5 米，不仅为全寺造像之冠，也是巴蜀著名大佛之一。据明正德十三年（1518）《重建鹫峰禅寺记》碑载："全蜀大佛有三，而宕渠涞滩镇曰鹫峰盖其二佛也。"说明该佛为当时蜀中第二大佛及寺名由来。

把酒句：秦昭襄王时，白虎为害一方，秦王重募巴夷射之。后刻石立盟，双方和睦相处。[晋]《华阳国志》："秦犯夷，输黄龙一双；夷犯秦，输清酒一钟。"钟不同于盅，乃盛酒大器也。

七律·官渡

（2020-12-09）

远近群峰黛色朦，
蜿蜒脊路牧牛童。
滇池波滟映官渡，
石板光青祈客隆。
鹭叫枝梢三百里，
花开寨脚四时红。
苍烟无语识风物，
朴巷有情雕汉宫。

注释

官渡：滇池边古渡口，位于昆明东南、滇池北岸，原名"蜗洞"。早在唐代，此处便是南诏国王公贵族游滇池歇足之所，南宋大理国时为高相国封地，庙宇渐多，过往官船停靠，官员上岸骑马或坐轿过状元楼入昆明城，得名官渡。元初《创建妙湛寺碑记》载："滇城之巽隅二十里有郭曰蜗洞……乡士大夫游赏缆船于渡头，吟啸自若，陶陶而忘返，命之官渡。"元时此地已成官家和商船往来繁华渡口，建馆驿，修城池，形成滇池之畔特色古镇。

画堂春·螳川碧水照溪云

（2020-12-11）

螳川碧水照溪云，花迎络绎王孙。

摩崖石刻忆星辰，无限年轮。

刘阮难寻归处，天涵宝月殷殷。

龙窝九曲听泉魂，遗训谆谆。

注释

螳川：螳螂川，金沙江上游安宁段名称，流域温泉密布，系滇池西流唯一出口，在安宁形成东、宁两个城市湿地公园。

摩崖句：安宁摩崖石刻，位于温泉镇一清右侧，由悬崖绝壁、溶洞群落、飞来怪石组成。崖壁镌刻明清、民国时期游历温泉文人墨客、爱国将领、名流雅士吟咏温泉诗词书画、碑铭 170 余处，荟萃 400 余年百家精英，是云南省保留最完整的摩崖石刻群。

刘阮句：取自清康熙年间樊经题"刘阮误处"石刻，典出 [南北朝·刘宋] 刘义庆志怪小说《幽明录·刘阮入天台》。

天涵句：曹溪寺正殿建于南宋大理国时期，正殿屋檐下有一圆洞，据说每逢六十年甲子中秋之夜，皓月东升，月光便从圆洞直射殿中释迦牟尼佛像眉心，其圆如镜，沿鼻梁下移至肚脐，形成"曹溪映月悬宝镜"奇观，被称为"天涵宝月"。

龙窝句：取自明万历年间云南巡抚李焘题刻"九曲龙窝"，其下方为石洞群，喻神龙居所。李因"偶被浮言"所累遭罢官，待平反人已逝。

浣溪沙·云遐二首

（2021-01-02）

其一

拍岸涛声催夜眠，披光倦客五更寒。
闻鸡不忍望东山。

地落银河燃火树，水吞赤壁绛西天。
浮云深处忆童年。

其二

昨夜惊涛催客眠，今晨苏海弄斑斓。
闻鸡不忍望东山。

地落银河摇火树，水淹赤日裂西天。
人生最忆是清欢。

注释

清欢：清淡的欢愉。化用［北宋］苏轼《浣溪沙·细雨斜风作晓寒》："人间有味是清欢。"

忆余杭·汀州

（2021-04-14）

灯影摇红，旌展汀江绵上海。

泠泠雨雾自唐来，樽酹诵秋白。

挂珠翘角舒云啸，石板店头客家傲。

固楼层拱倚高台，一步一量裁。

注释

题记：汀州历称长汀，为闽粤赣三省古道枢纽，喻为客家首府、"闽西门户"。1929年红军入汀，设福建省苏维埃政府，始称"红色小上海"。1934年红军长征撤离苏区，留守的中共早期领导人瞿秋白1935年在此被捕、英勇就义。本词韵部平声九佳（半）十灰（半）通用，白字仄声十一陌出韵，但系人名可不论。

挂珠等句：汀州古城墙造型奇特，它沿江而筑，东西两侧攀卧龙山脊而上，宛如一串佛珠，民称"蓝衣挂珠"。城楼与城门斗拱相望，凌空高矗，列为"东翘舒啸"胜迹。

店头：客家语中是最好集市商铺之意。店头街位于长汀人口稠密市区，自码头拾级而上，入城门沿街店铺林立，皆明清风格木质层楼，街中心设四角风雨亭，供奉真武大帝，客家人每日祈祷和平，渴望风调雨顺。

渔家傲·冠豸山

（2021-04-17）

苍玉啄云丹柱暖，芳兰幽谷香馨漫。

咽绿吞红桃蜜涧。

登鲤栈，照天紫烛红霞乱。

追步东山书万卷，风流江左摩天岸。

拔地天墙遮望眼。

弘律典，不依山势声名远。

注释

题记：冠豸山位于福建龙岩市连城县城东 6 里许，原属长汀县古田乡，故此山也称东田石。

登鲤二句：经陡坡鲤鱼背拾级而上 200 米，到长寿亭观景台，日暮可见"照天烛"拔地而起，如红烛高照。照天烛旁为莲花洞、五女石。

追步二句：分别化用纪晓岚"追步东山"和林则徐"江左风流"题词。

弘律二句：獬豸，古代传说的一种神兽，似羊而独角，"能辨曲直，见人争斗，即以角触不直者"，法官据此断案。法官的帽子称为"冠豸"，以示公正不阿、除邪扶正。

浣溪沙·谷雨崇明

（2021-04-20）

谷雨崇明海泻沙，翻珠跳浪上天涯。
平川立雪紫薇花。

一曲酒歌声渐远，离离别意簇红霞。
暮风小榭听胡笳。

巫山一段云·鼓岭

（2021-04-28）

屴崱排云耸，磨溪荡鼓声。

白云洞里涌泉听，喝水寂青陵。

雾海穿林啸，观云莫待晴。

摩崖古墅有余情，把酒忘归筝。

注释

题记：鼓岭是福州鼓山重要组成部分，同属双鼓横断山脉。1886年西方传教士开辟，到19世纪30年代陆续建起300多幢西式石材别墅，成为江西庐山牯岭、浙江莫干山、河南鸡公山之外又一处有影响的避暑胜地。2012年时任国家副主席习近平访美时曾讲述一段20年前发生在鼓岭的中美民间交往佳话，让"鼓岭"美名远播。

屴崱（lì zè）：屴崱峰，又名绝顶峰，福州鼓山主峰，海拔919米，峰顶状若覆釜，常年多为岚气笼罩。相传绝顶有一巨石如鼓，每遇风雨便发出簸荡之声，鼓山得名。鼓山鼓岭周边有涌泉寺、磨溪、白云洞、喝水岩、忘归石、观日台等景点和人文遗迹。[清] 施闰章《屴崱》："危楼矗立鼓山顶，目尽闽天万山影。"

法曲献仙音·九仙水操台

（2021-05-02）

　　东山（古称铜山）铜陵镇西北有一小山，海拔 52 米，地势险要，力扼水道。明初设铜山水寨，又称水操大山。戚继光据此剿倭，郑成功操练水师、筹划收复台湾，登岛部队有 500 多水兵是东山人。因当年驻守水寨官兵多为兴化府（今莆田、仙游一带）人，在山顶石洞奉祀"九鲤湖仙公"，此山得名。

　　瑶室高台，水操诸浦，踞锁东溟危处。

　　十仞临渊，阵声千丈，沙舟尽揽鱼釜。

　　慑海路三千里，铜山百邦固。

　　阅渔渡，若萍浮、结榕盘步。

　　梯障净、登峤夏风徐度。

　　欲借渺波光，问仙公、知否迟暮？

　　悟石飞来，洞天门、积力可数。

　　叹三心犹在，猛士难酬招募。

七绝·赵州桥

（2021-05-13）

天上落石赵州桥，
飞拱腾空恃铁腰。
北上燕幽成大道，
隋唐赶马看浇潮。

七绝·敕造隆兴寺

（2021-05-15）

烟雨潇潇正定东，

一尊大佛隐堂中。

时时警策燃香客，

不负金绳色亦空。

鹧鸪天·武昌楼

（2021-07-08）

　　武昌楼矗立于鄂州西山的椅子山顶，是三国时东吴的军事瞭望塔。它拔地而起，巍峨挺秀，西枕百里樊川，北瞰万里长江，隔江对峙黄州赤壁，给人以天宽地阔、气势磅礴之感。

仲夏初登武昌楼，乱云翻滚伴龙舟。
清幽一鹤啼声怨，混沌三江空自流。

相赤壁，凤凰忧。龙蟠古渡浪声稠。
邀来彼岸黄州客，始信吴王有白头。

曲玉管·大唐不夜城

（2021-07-19）

殿耸青云，烟波谢暮，华灯悦鼓观澜首。

飨府旌旗林总，关燕西楼。

饮江流，焰火澄明，倾城喧走。

羽衣锦带飘人偶。

醉赏红娥，梦断鸣凤凉州，忍回眸。

料想清池，玉环秀、霓裳凝镂。

不堪自弃玄宗，终难负紫云楼。

紫云楼，御杯明宫酒，宴赐沉香亭后。

盛唐由是，礼乱宫忧，覆水难收。

渔歌子·松花湖二首

（2021-07-29）

其一

日上松江笼白烟，云飘衣袂绕青山。
花菊海，雾桑田，清风碧殿送龙船。

其二

边外群峰掬墨湖，谷中幽寺放啼鸪。
亲绿水，近浆壶，风樯不动五车书。

注释

边外：吉林市，又称北国江城。清顺治年间曾修建一柳条边墙，俗称"老边"，用于保护满族文化圈，吉林位于老边之外，故称边外。

文　史　篇

七绝·青海谣二首

（2018-07-11）

其一

青海碧波天际淌，
穿云渡雨万年长。
谣歌慢曲吐蕃路，
公主离乡惘断肠。

其二

驻留日月望家园，
倒淌河冲泪始干。
宝镜重衔施粉黛，
此身远嫁慰长安。

注释

日月：日月山位于青海省湟源县，西北—东南走向，为自然分界线。东侧是阡陌良田，西侧乃辽阔草原。其山顶由紫砂岩构成，古称赤岭。

宝镜句：相传文成公主远嫁西藏曾过此山，在山顶设帐伫望故乡，不禁泪流满面。她取出行前唐太宗所赐日月宝镜，镜中映出长安繁华景色。为履重任，她抛下宝镜，斩断相思，以示诀离。宝镜摔为两半，东边为日镜，西边为月镜，成日月二山。山口海拔3520米，为内地进藏的咽喉要道。

钗头凤·重识悟能

（2018-09-29）

扁都口，胡杨柳，取经玄奘携徒走。

猪和尚，尊师长，降妖除怪，有容能广。

倡！倡！倡！

承恩莠，言猪丑，惰污蓬帅空生有。

神无爽，天书藏，佛墙留影，悟能还状。

荡！荡！荡！

七律·祁连遥祭

（2018-09-30）

风烟大漠望长安，
商旅戎装走未然。
汉筑高台雕细月，
唐修禅寺唤沙天。
祁连雪掩金戈事，
弱水波迎玉帛船。
西路儿男多硬骨，
悲歌一曲荡山川。

采桑子·恰是重阳

（2018-10-17）

　　福建长汀县松毛岭下钟屋村是红军长征最早出发地。当年松毛岭阻击战结束后，2.6 万闽西儿女跟随红军长征，湘江一战损失过半，仅 2000 余人到达陕北，今在册烈士 2.4 万余名。

秋凉叶瘦天垂泪，雾色苍茫。
恰是重阳，十万烟峰锁大江。

长征前夜松毛岭，血荐山殇。
赤野橙阳，猎猎旗风向远方。

瑞鹤仙·黄帝问道广成子

（2019-03-23）

望空同错落，云黛远、一览群山示弱。

层林染禅郭，二郎担挑过，仙桥楼角。

开天致学，作道经、身治肃约。

广成天下晓，黄帝问求，膝步登阁。

不惧来时棘路，素驾归征，自然尊著。

黄颜作幕，循天理，务桑药。

鼎新参日月，金光流瑞，终乘龙驾至觉。

问修身静泊，当数汝西寂寞。

注释

空同：崆峒，指崆峒山。上古时期道教始祖广成子曾居此山，黄帝前往问道，被誉为天下道教第一山。[战国]庄子《庄子·外篇·在宥》："黄帝闻广成子在空同之上，故往见之，问以至道之要。"传广成子为太上老君化身。《太上老君开天经》："黄帝之时，老君下为师，号曰广成子。"

二郎句：广成子初到崆峒，虽喜林木葱茏，唯觉山不够高，难隔尘嚣。玉帝遂派大力神二郎真君挑泰山石以抬高，使之"俯瞰五岳"。

膝步：黄帝二次问道，途中得一赤须长者指点："不惜膝行苦，一诚百道通。"遂以膝代步，终得真经。

黄颜句：以大地作幕布，喻发展农业。黄帝为五帝之首，古华夏民族共主，对黄河流域农耕作出巨大贡献，被誉为土德之皇。土德乃五德之一。［汉］司马迁《史记·五帝本纪》：轩辕氏"有土德之瑞，土黄色，故称黄帝"。

鼎新：黄帝得道后潜心治国 28 载，风调雨顺。在荆山铸新鼎，功德圆满，引黄龙下凡，乘龙升天。

汝西：崆峒山位于汝州城西 30 公里。

河传·太昊伏羲陵

（2019-03-25）

春树，舟渡。

龙湖北浒，谒瞻羲故。

面桥通德拜皇颜。

统天，显仁华族源。

执蓍画卦兴婚制，刻书契，作历持音礼。

德根魂，圣迹存。

始尊，正名龙子孙。

注释

羲故：伏羲故里。1997 年，朱镕基谒陵时题："羲皇故里"。

面桥句：经蔡河谒陵要先过面桥（渡善桥），经午朝门、通德门（道仪门）等方可进大殿拜羲皇像。

统天二句：统天、显仁为二主殿之名，意颂伏羲至高无上之地位。《彖》："大哉乾元，万物资始，乃统天。"《系辞传》："显诸仁，藏诸用。"

执蓍三句：传伏羲观龟背纹理，采蓍草画卦，创先天八卦。其主要功德是结网罟、定姓氏、制嫁娶、造书契、作甲历、兴乐礼、以龙纪。

清平乐·看袁寨

（2019-03-26）

豫东深院，紧锁春光慢。
天上频飞归北雁，难解百年沉怨。

曾驰塞外封疆，归来蹈火持纲。
一错终成千古，目开目闭苍凉。

风入松·遥思风穴到清明

（2019-04-05）

钟鸣风穴贯苍青，佛号伴经声。

九龙昂首朝禅寺，千峰卧谷荡回鸣。

鸠鸽聆音盘洞，浮云着意开晴。

寻幽曲径望州亭，七祖塔前宁。

临渊水府珍珠落，升仙桥畔坐空冥。

灯蕊修成如意，香烟缭度芸生。

注释

风穴：指风穴寺，又名香积寺、千峰寺等，位于河南汝州城东北 9 公里风穴
山中。始建于东汉初平元年（190），距今有 1800 余年，为中原四大名刹之
一。曾毁于董卓之乱，传北魏重建时本定于银洞山，待物料备齐，一阵狂风
将其刮到现址，故名风穴寺。实为寺因山名。

钟鸣：寺内悬钟阁建于宋代，重檐三滴水歇山式，内挂 9999 斤大钟一口，
为宋代存世珍品，其声远震群山。风穴钟声为汝州八景之一。

九龙：寺周群山环抱，北有紫霄，侧有紫云、纱帽、香炉等九峰逶迤，朝向
寺院，有"九龙朝风穴，莲台建古刹"之誉。

鸠鸽句：寺内殿墙与梁木衔接形成的浅洞皆有斑鸠探头，似在察音观世，甚为新奇。

望州亭：为寺内制高点，可俯瞰周边，远望汝城。与珍珠帘、大慈泉、升仙桥等称寺内八大景。

七祖塔：寺内供奉禅宗七祖贞禅师舍利原塔。建于唐开元二十六年（738），为全国仅存七座唐代高塔之一。与宋代悬钟阁、金代中佛殿并称风穴寺三大国宝。

水府：指观音阁。为重檐歇山式，前有大慈泉，碧水喷涌；后有东西龙眼、君子、问清诸泉交汇，环涟漪亭一周，观音阁似水中龙宫，故名水府。涟漪亭为中原仅有的明代双层六角亭。

灯蕊句：灯蕊，即灯芯。［南宋］吴文英《莺啼序·荷和赵修全韵》："绀纱低护灯蕊。"灯蕊燃尽，头部弯曲，形似如意，有"回头即如意"含义。如意状如灵芝，传灵芝为长生之药，乃吉祥瑞草，故有吉祥如意之说。

太常引·老子故里三月三

（2019-04-07）

阴阳鸟柏饮金波，楮树化苍歌。
铁柱倚山河，赶山岳、唐风几何！

犹龙莫测，无形万里，星汉驻云梭。
望月影婆娑，隐山外、逍遥更多。

注释

老子故里：在今河南省鹿邑县太清宫镇（曾名犹龙镇）。东汉延熹八年（165）始建老子庙。唐朝开国皇帝李渊追认老子为始祖，以老子庙为太庙；高宗李治追封老子为太上玄元皇帝，建紫极宫；武则天追封李母为先天太后，建洞霄宫（后宫）；玄宗李隆基尊老子为大圣祖高上金阙天皇大帝，改庙名太清宫（前宫），意为神仙住地。今太清宫为老子故里标志性建筑。

阴阳句：太清宫太极殿前有两株丹桂古柏，传老子亲手所植，距今已2500多年。两棵树一阴一阳，西瘦东粗，枝身扭结上盘，旋转方向与八卦图阴阳鱼旋转方向相同，令人称绝。阴阳鱼鱼头似鸟头、鱼身像鸟身，当地人又称此两棵古柏为鸟柏。太清、洞霄二宫之间隔一条金水河，河绕古柏，两宫以会仙桥相连。

楮树：又名构树，太清宫广场有一棵楮树，传老子手植，季春三月开花授粉，每天清晨花粉弹离花朵，随风飘扬，似袅袅白烟。楮树升烟，因时间与李母寿诞三月十五相近，当地人以为李母显灵，纷纷前来祭拜、祈福纳祥。

铁柱二句：铁柱，俗称赶山鞭。传远古时期，老子所住村前有隐羊山挡住去处，百姓望山兴叹。一日老子游归，闻百姓求助，老子炼石铸鞭，神力劈山，顿时山石飞裂，凡三日刮入东海，蓬莱、方丈、瀛洲三仙山即为所驱之物。从此，鹿邑成一马平川。今太极殿侧立有 1.5 米残柱，实为老子柱下史官职象征。老子曾为周朝守藏吏，负责记述天子上朝言行，周天子体恤老子长时间站立写字太累，命人在朝堂竖铁柱一根，让老子倚柱记事。有苍天厚土，定于一柱之意。

犹龙二句：犹龙，特指老子，亦谓道家高深奇妙，如龙之变化莫测。典出《史记》卷六十三《老子韩非列传·老子》：孔子问礼于老子，谓弟子曰："至于龙，吾不知其乘风云而上天。吾今日见老子，其犹龙邪！"

云梭：云车。传玉帝为老子配云车，在天地间穿梭往来。

望月句：太清宫内有望月井一眼，每逢八月十五，圆月正投影于井水中央，人曰老君爷显灵，赋"天上月是水中月"。

隐山二句：隐山即隐羊山，为老子居住地。传老子喜游名山大川，晚年留下五千言《道德经》后，便骑青牛出函谷关西游，不知所终。

朝中措·咏弦歌台

（2019-04-15）

南坛湖水映霜空，亘古醒长钟。

陈蔡厄粮先圣，柄遗后世堪容。

大成仰止，弦歌七日，论道黄钟。

威武安能屈志，帝师从此如虹。

注释

南坛句：南坛湖位于战国时期陈、蔡两国交界处，湖中一小岛，乃孔子一行
路过遭两国小人围困处，时凄冷霜落，好不难过。后岛上筑弦歌台，纪念
此事。

陈蔡句：孔子一行被陈蔡人围困，断粮七日，择蒲根充饥，仍不为所动，每
日抚琴，诵经论道，决不"求生以害仁"。

弦歌：抚弦诵歌。大成殿正门石柱上刻有楹联："堂上弦歌七日不能容大道，
庭前俎豆千年犹自仰高山。"

帝师：后人称颂孔子为"天下文官祖，历代帝王师"。

浪淘沙·红田谣

（2019-05-21）

大别万重幽，潢水东流，直将思绪挂云丘。

箭厂赤田银菊盛，如见高楼。

赤血著春秋，烈士名留，远山傲立焕先头。

华夏常温前辈志，踌满寰球。

注释

红田：同赤田。位于河南新县箭厂河乡列宁小学南端。原为一块 30 平方米长方形稻田，1927 年 12 月，黄麻起义受挫，国民党军在这里屠杀中共党员、革命群众 300 多人，鲜血染红整块稻田。后被当地农民尊为红田，不再耕种。解放后，这里筑 5 米高纪念碑，每天前来凭吊、敬献小白花者络绎不绝，一时白花耸然，如堆层塔。

焕先：革命烈士吴焕先。河南新县箭厂河乡四角曹门村人，1927 年参与组织黄麻起义，是鄂豫皖苏区和红 25 军创建者之一、深受红军爱戴的杰出指挥员。1932 年 10 月红四方面军转移，他奉命留下打游击并重建红 25 军，1934 年 11 月率部长征，创建鄂豫陕根据地。获知中央红军动向后，他主动率部出秦岭、征甘肃，策应中央红军北上。1935 年 8 月，就在会师前十几天，与敌在甘肃泾川遭遇，中弹牺牲，年仅 28 岁。解放后，郑州、兰州烈士陵园分别建立吴焕先烈士纪念碑，泾川县建纪念馆，新县建焕先小学，以致缅怀和纪念。

清平乐·再咏大别

（2019-05-23）

鸟鸣晨雾，声破千重户。

万绿不曾湮赤土，挥泪此情难驻。

望尖北雪南茏，将军剑指长虹。

白马中原骋跃，三山虎啸生风。

注释

尖：指白马尖。大别山主峰，海拔1777米，为长江、淮河分水岭。传西汉史学家司马迁初登此峰，见南北迥异，叹曰："山之南山花烂漫，山之北白雪皑皑，此山大别于他山也。"遂命山名。

将军：特指新县将军山，代指曾在这里战斗过的我军将士群体。此山本名西大山，海拔702米，山势雄浑壮美。因新县为全国十大将军县之一而得名，从这里走出了许世友等93位共和国将军。

白马句：代指人民解放军"中原突围"和"千里跃进大别山"两次具有转折意义的重大战略行动。

三山：指井冈山、大别山、太行山，称革命历史三大名山。

附诗：

清平乐·和君昌先生大别咏

（2019-06-05）

学 舟

一方圣土，热血曾浇注。
大别山间英雄树，根茂原生忠骨。

岁岁杜宇啼红，年年郁郁葱葱。
何故春光常在，基因赤色从容。

南乡子·和友人过抚州

（2019-07-29）

惊梦后花园，无奈东风丽影残。

汤圣妙成花好事，寻缘，

庵观藏梅折柳还。

风雨渡临川，醒酒花亭万古传。

倘若昔今能倒转，凭栏，

苏子何需眺小轩。

注释

东风：泛指春风，此处为双关语，代指其母。[南宋]陆游《钗头凤·红酥手》："东风恶，欢情薄。"

丽影：指杜丽娘的模样。

残：凋零。[唐]李商隐《无题》："相见时难别亦难，东风无力百花残。"

汤圣：指汤显祖。明代戏曲家，江西临川（今抚州）人。著《牡丹亭》（还魂记）《邯郸记》《南柯记》《紫钗记》四大名戏，合称"临川四梦"。《牡丹亭》代表明代戏剧最高水平，人送汤公"戏圣"。

庵观句：杜丽娘梦断折柳公子，不久相思而去，葬"梅花庵观"。三年后梦中情人柳梦梅进京赶考，借宿庵中养病，巧遇丽娘游魂，助其重返人间。

醒酒花亭：牡丹亭。牡丹又名醒酒花。

苏子句：苏子，即苏轼。作《江城子》悼发妻王弗："夜来幽梦忽还乡，小轩窗，正梳妆。"

附原作：

南乡子·过抚州念汤显祖

（2019-07-26）

凯 文

魂梦抚州城，莫道意深尽是空。
剪取红梅依绿柳，情浓，
蝶绕牡丹风满亭。

戏美赖汤翁，不教泪垂到晓明。
神鬼人寰心与共，生生，
总信丽娘胜莺莺。

注释

抚州：古为临川，戏剧家汤显祖故乡，其描写杜丽娘与柳梦梅爱情故事的
《牡丹亭》即创作于此。

神鬼人寰：《牡丹亭》描写了杜丽娘在神、鬼、人三界的经历。

莺莺：指《西厢记》中的崔莺莺。

踏莎行·闻虎壮怀

（2019-09-03）

天海相依，鸥鸿竞渡。凭阑望断沙烟处。

空楼夜半酒酥时，曾闻虎啸凌礁楚。

谁解斯吟，几多馀怒。若思甲午蹄无数。

戴河有幸洗榆关，沉疴荡涤东流付。

注释

题记：是日为中国抗战胜利纪念日。

凭阑：同凭栏。[金] 元好问《点绛唇》："红袖凭阑，画图曾见崔徽半。"

楚：本指高于杂木中的荆树，此处借指乱石中秀拔者。如北戴河海滨之老虎石。

戴河：戴家河简称，古称渝水，为南戴河、北戴河之界。前者属秦皇岛市抚宁区，后者为北戴河区。

榆关：山海关别称。

长相思·金鹗山步白乐天韵

（2019-09-28）

湘水流，潇水流。
流到巴陵古渡头，周郎面鹗愁。

雨悠悠，云悠悠。
风卷狼烟强虏休，小乔恸岳楼。

注释

金鹗山：此山位于岳阳（古称巴陵）市区，西望洞庭，东滨南湖，形若巨鸟
独立。清光绪《湖南通志》："金鹗山在县南二里，相传有异鸟飞集于山，其
色如金。"故名。

周郎句：周郎即周瑜，字公瑾。赤壁大战后，公元 211 年，周瑜转战荆州，
途经巴陵染暴疾而亡，年仅 36 岁。金鄂山腰建有公瑾墓。[晋]陈寿《三国
志》："至以不谨，道遇暴疾，昨自医疗，日加无损……瑜死不朽矣。"

定风波 · 战东山

（2019-11-16）

黑浪摧云抵暗沙，虾兵舰甲犯渔家。
乱石穿空千壁裂，魑绝，东山众志壮危涯。

八尺门前弓矢乱，魂幻，晓天伞带降烟葩。
且看驰援如卷叶，灰灭，反攻吃梦镜中花。

注释

题记：东山保卫战，发生于 1953 年 7 月。此战以蒋军完败而了断反攻大陆吃念，可谓一战定乾坤。近日东山隐士嘱予诗记，谨就之。

虾兵句：1953 年 7 月 15 日午夜，蒋军金门部万余人分乘 13 艘舰艇，配备 21 辆水陆两用坦克、30 多架飞机突袭东山岛。

危涯：守军公安 80 团面对强敌，汲取此前南日岛失陷教训，主动撤出滩头阵地，将主力收缩在公云山、王爹山、牛犊山三大制高点坑道工事内，坚守待援。

八尺门句：16 日清晨，蒋军伞兵 460 人突降八尺门渡口，企图切断大陆与海岛的唯一通道，阻止援军。守卫渡口的水兵不足百人，一面以机枪点射空中伞兵，一面抢占渡口边的寨子为临时工事，阻击敌军，为援军渡海赢得 3 个多小时宝贵时间。

驰援：16 日 9 时过后，援军 272 团赶到渡口对岸，并以一营兵力成功登岛，下午 3 时击溃伞兵，后续部队迅速控制有利地形。17 日早上，蒋军获悉增援部队大批上岛，制高点久攻不下，军心动摇，为避免被歼，准备撤退。解放军乘势追击，下午 6 时迫近敌舰登陆点湖尾滩。最终，蒋军以被歼 3379 人、击毁坦克 2 辆、击沉登陆艇 3 艘、击落飞机 2 架的代价仓皇逃窜。

反攻句：东山保卫战的胜利，是大陆军民反击蒋军窜扰的最大一次胜利，也是国共双方最后一次大规模地面交战，成为台海军事斗争的转折点。蒋介石反攻大陆迷梦就此破碎，从此不再实施武装登陆袭扰。毛泽东说：东山的战斗不光是东山的胜利，也不光是福建的胜利，而且是全国的胜利。

千秋岁·梦寻苟坝

（2019-11-25）

榭桥花暮，新寨初寒露。

云影动，人潮慕。

乡愁聆石板，颜喜掀村户。

君不见，莽田霭瑞枫香处。

苟坝风云聚，挥就峥嵘路。

三袖领，如神助。

四番穿赤水，喜诵岷山句。

人已古，险江绝仞书飞渡。

注释

苟坝句：1935 年 3 月，中央红军长征途经遵义县枫香镇苟坝村，召开政治局扩大会议，决定成立周恩来、毛泽东、王稼祥"新三人团"，代表政治局指挥军事。完成遵义会议之部署，进一步确立毛泽东在党和红军中的领导地位。

喜诵句：红军从重围中杀出一条血路，翻越岷山，会师在望。毛泽东信笔《七律·长征》："更喜岷山千里雪，三军过后尽开颜。"

险江句：指乌江天险。1935 年 3 月下旬，红军四渡赤水，南渡乌江，佯攻贵阳。老蒋急调滇军驰援贵阳，红军主力又直逼昆明，待驻守金沙江的滇军回撤，红军乘机巧渡金沙江，摆脱 40 万蒋军历时 5 个月的围追堵截，实现北上会师、开创川陕根据地之目标。

七律·观《国家宝藏》之唐三彩载乐骆驼俑

（2020-01-29）

陕女妆容心暗催，
香风直透画屏来。
簇传阵仗穿林樾，
舞动霓裳振阙台。
胡部筚音驼盖演，
梨园盛乐邑都开。
新声一曲关山月，
便引豪情起旱雷。

木兰花·读《洛阳伽蓝记》

（2020-03-03）

古刹众园缭若幔，强虏马嘶狼齿悍。
寻故国，雨涟涟，几处佛陀荒泪眼。

白发丽人槐树下，长笛一声天际挂。
千丝万缕绕孤垣，愁断靖王勤圣驾。

注释

题记：《洛阳伽蓝记》，[北魏]北平（今河北满城）人杨衒之著。成书于公元547年，记述他20年前出使南朝国都洛阳所见佛坛盛事，感家国毁于战乱。该书与郦道元《水经注》、颜之推《颜氏家训》并称北朝三部杰作。

众园：僧院。梵语"伽蓝"之意。

佛陀：又作浮屠，梵语，意为"觉者""智者"。原指佛祖释迦牟尼，后泛指佛教、佛塔或僧侣。本处代指佛塔。

靖王：托塔天王李靖。据神话传说，李靖手持宝塔全名叫"玲珑剔透舍利子如意黄金宝塔"，系天王向佛祖释迦牟尼所求法器，由此他成为佛道两家护法神。

圣驾：可指当执南朝君主，亦可指佛坛至尊，俱殒于南北争乱。

附诗：

鹧鸪天·读木兰花有感

（2020-03-03）

蜇屋居士

古刹人潮逐水空，看花心迹与云同。
盛烟苔色栖芳草，溜雨檐花悬嫩红。

春澹澹，夜溶溶，与枰深坐弈清风。
浮生如局应无悔，举手华韶未可重。

木兰花慢·惊蛰又温《长恨歌》

（2020-03-05）

愿惊雷曳电，放长剑，佑苍生。

正残雪融消，群芳吐蕊，万籁初形。

花菁，向新景处，却东风料峭锁虫声。

尧鼓无槌瑟瑟，列杨有恃孤行。

倾城，举国逢迎。安史乱，帝夭坰。

致马嵬坡头，禁军谏刃，环碎脂凝。

朝清，复西汉阙，叹唐风尽扫满阶腥。

回看千秋遗恨，寸肠万断烦萦。

注释

列杨：指杨氏家族。[唐]白居易《长恨歌》："姊妹弟兄皆列土。"

夭：本意为屈。考象形字，夭似双臂下摆、头项前屈作奔走状的人形，故引申为"逃"。

西汉阙：指皇宫西苑，古时常以汉托唐。皇宫之内称大内，西宫即西内太极宫，南内为兴庆宫。玄宗复京时，已失皇位，初居南内，后迁西内。《长恨歌》："西宫南内多秋草，落叶满阶红不扫。"

三字令·读书日品《诗经》

（2020-04-23）

行陌路，赶玄黄，享春光。

邀沫北，采荼唐。

品青蔬，临浚水，蔽甘棠。

天欲暮，雁孤伤，冷桑塘。

云雀唱，远林冈。

荠花菁，盈卷耳，踏周行。

注释

玄黄：天地之色，泛指颜色。

沫 [mèi]：古地名，春秋时卫国沫邑，今河南淇县南。《诗经·鄘风·桑中》："沫之乡矣。"

荼唐：指野菜草药。荼，芜菁；唐，菟丝子。

浚 [jùn]：古水名，今湮，故渎在今河南开封市北。《诗经·邶风·凯风》："爰有寒泉，在浚之下。"《志》："今城西三十里有寒泉陂，即《诗》所称者。浚水为汴水所夺，故汴水亦兼浚水之名。"

蔽甘棠：蔽，茂盛状；甘棠，棠梨树。喻在茂密棠树下歇荫，有怀古之意。《诗经·召南·甘棠》："蔽芾甘棠，勿剪勿伐，召伯所茇 [bá]。"

卷耳：苍耳，开白花，子可入药，也称作幸运花。《周南·卷耳》开《诗经》怀人诗之先河。

周行 [zhōu háng]：大路，至善之道。《诗经·小雅·大东》："佻佻公子，行彼周行。" [南宋] 朱熹《诗集传》："周行，大路也。"

望江东·夏至读史

（2020-6-21）

尧舜躬亲授天序，夏周汉、商秦度。
八公山上草连宇，鹤唳急、江东固。

隋唐辟就西经路，共胡乐、龟蛇舞。
龙旗漫卷驱妖雾，玉帛剪、花千树。

注释

题记：是日夏至、父亲节、金边日食三节合体。

八公山三句：此山位于淮南，大别山余脉，南北之咽喉。东晋时期，东晋北府兵与前秦劲敌决战淝水，大败犯敌，败军沿八公山麓北逃，见山上草木皆兵、风声鹤唳，溃不成军，北方分裂成十六国，形成 200 年南北对峙局面。

龟蛇：古人以为可消灾避害的两种动物，常绘于旗上。《周礼·春官·司常》："龟蛇为旟。"

百宜娇·端午怀古

（2020-06-25）

鼓角连天，汨罗江上，舟枻浪化争渡。

两岸山歌，乱旗推浪，且看铜锣吩咐。

风铃日暮，号炮响、波涟端午。

把雄黄、团糯寄思，九歌犹唱湘赋。

伤屈子，生逢乱蛊。

孤醒浊清言，不随渔父。

抱石沉江，欲绝国碎，谁问殇魂归路？

关山踏破，叠嶂里、裳云生处。

楚风吹、万马祭弓，箭楼高仁。

望远行·岁如苍海

（2020-07-01）

愁云满布，潇潇雨、赤县哀声难耐。

汉宫凋敝，玉树悲风，万户运交华盖。

水涌南舟，天降十三贤子，重整治平豪迈。

裁昆仑、天地氤氲气概。

虹彩，三十八年铸剑，铁马疾、岁如苍海。

浪拍岸沙，溯流泳进，应是舞风山寨。

回看人间天道，莺飞蒿长，古韵渔歌祥泰。

借一汪新月，凌波澎湃。

注释

华盖：古星名。旧时占卜视华盖星为霉星，认为命犯华盖，时运不济。鲁迅《自嘲》："运交华盖欲何求，未敢翻身已碰头。"

水涌三句：1921 年 7 月，中共一大在上海召开，后移至嘉兴南湖一艘游船上举行，13 位代表选举产生党的领导机关，通过《党纲》，宣告中国共产党诞生。

三十八年：中华民族从推翻帝制的辛亥革命到建立新中国，历经 38 年武装斗争。

浪拍三句：描绘一种国泰民安的理想生活状态。《论语·子路、曾皙、冉有、公西华侍坐》记载，孔子和学生谈论志向，他赞同曾皙的回答："莫春者，春服既成，冠者五六人，童子六七人，浴乎沂，风乎舞雩，咏而归。"

附诗：

望远行·党日感怀次韵张君苍海

（2020-07-01）

冯 梅

川魂阵列，威武志、料峭薄衣寒耐。

草鞋简器，号角连营，呐啸血扬旗盖。

誓死沙场，悲壮卫国枭战，自古蜀中英迈。

帅男儿、风倜凌云气概。

霞彩，晴晚颂歌影像，栩栩现、健姿云海。

叱咤破天，野烟再现，千里怒声淹寨。

好剧催生劳作，精琢磨细，助力繁荣昌泰。

祈愿多精品，如江泙湃。

最高楼·纪念抗战胜利七十五周年

（2020-09-03）

皇姑案，倭寇窃残阳。

林海冷刀枪。

万千义勇悲歌去，雪原血色不彷徨。

大刀歌，充耳畔，救危亡。

且莫说、百年凌辱役，

晓月破、更添烽火急。

狮在吼，意成钢。

太行鏖战惊天鼓，飙兵八佰傲淞江。

荐轩辕，驱虏盗，芷江洋。

注释

题记：9月3日为中国人民抗日战争暨世界反法西斯战争胜利纪念日。

淞江：吴淞江，其流经上海市区段称苏州河。

荐轩辕：荐，奉献，报效；轩辕，黄帝，借指国家。鲁迅："我以我血荐轩辕。"

芷江：位于湖南怀化，抗战时期为中国陆军、空军基地，是远东盟军第二大机场。芷江受降标志着日本侵华战争结束。

江城子·鱼台怀古

（2020-11-28）

烁今撼古钓鱼城，荡云蒸，嶂千层。

拔地金汤，独钓汉宫廷。

八面山门烽火疾，忠烈奋，四千兵。

炮轰礌石鸟心惊，喊天坪，可汗崩。

出没飞檐，兼济北非宁。

三十六年愁未已，江月夜，水天溟。

注释

钓鱼城：原为钓鱼山，位于合川东北嘉陵江南岸 5 公里处。山顶有一巨石，传远古时一巨人神曾在此垂钓江鱼，以解被洪水围困百姓饥馑，故又称钓鱼台。钓鱼山三面被嘉陵江、涪江、渠江包围，倚天拔地，雄峙一方。宋蒙战争时期，南宋守军依山筑城，力扼三江水道，阻止蒙军南下，创造 36 年孤守城池神话。

独钓句：山上护国寺门前立有"独钓中原"石牌坊，为明代合州人为颂扬先辈功业而建，乃敢以一城巍然担起天下兴亡之意。额坊题刻为明代合州进士李作舟手书。汉宫，因汉代强盛，唐以后诗者多以汉喻当朝。

喊天坪：喊天堡。开庆元年（1259），蒙哥汗御驾亲征，在钓鱼城东门外脑顶坪搭瞭望楼，守将王坚发现可汗大旗，命垒石轰击，蒙哥被击伤呼天而毙。此后，脑顶坪被称作喊天堡。蒙古军被迫护灵北撤，曾攻占今伊朗、伊拉克及叙利亚地区的西征蒙古军，也放弃进攻埃及计划，火速东归，西线从此无战事。钓鱼城之战最终改变了世界历史走向。

飞檐：飞檐洞位于钓鱼城护国门东侧百余米处墙基之下，狭缝隐蔽，仅容单人出入。南宋军借此地形，常潜至敌军背后突袭。

七律·安宁流韵

（2020-12-12）

龙山脚下安宁寨，

畅抵八州滇缅开。

圣水三朝听梦石，

红蕖一片画鲜腮。

天涵宝月曹溪寺，

地吐珍珠碧玉台。

峡口如逢前度客，

会言此处亦蓬莱。

注释

安宁：位于昆明西南 32 公里处，是通往滇西 8 个地州、经畹町达缅甸的交通重镇。其历史悠久，被誉为"螳川宝地，连然金方"。汉武帝元封二年（前 109）设连然县。《安宁县地志资料调查书》："唐武德元年（618）东川人阿宁牧牛砥出盐井，特改连然县为阿宁州，阿与安音近，又改安宁。"此地以温泉著称，集中于玉泉山麓螳川江畔，与曹溪古刹隔江相望，又称碧玉泉，可饮可浴，被明代文人杨慎誉为"天下第一汤"。

圣水句：曹溪寺左侧数百米有小泉名"圣水三朝"。每天子、午、酉时泉水来潮，潮声澎湃，水涌二尺，落潮池水近干涸。对岸有梦石、醒石刻记传奇故事。

地吐句：曹溪寺右侧数百米有小泉名珍珠泉。凭栏观水，池中不时有水泡缓缓上升，如一串串珍珠冉冉上浮。

前度客：东晋最早记有《刘阮误入桃源洞》故事，叙刘晨、阮肇避世居天台，一日上山采药迷路，遇二仙女迎入桃源洞成就良缘。半年后二人归乡，人间已隔七世。唐刘禹锡重回长安游玄都观，物是人非，作诗以"刘郎"自比："种桃道士归何处？前度刘郎今又来。"本用刘阮事为典，后人又以此诗为典，用"前度刘郎、前刘、前度客"等指去而复归之人。

亦蓬莱：蓬莱是中国先秦神话所述东海仙境。清莲城女史刘红蕖为安宁题刻"亦蓬莱"，喻此地宛若仙界，颐年养生。

补记：余此次临昆参加 2020 中国融媒体发展论坛，为明年在昆举办《生物多样性公约》第 15 次缔约方大会献策。上午在长水机场候机将返，接蔡尚伟博士电，由他自任山长的互鉴书院将于今日（12 月 12 日 12 时 12 分）在成都龙泉山成立，嘱余贺词共襄云揭牌仪式。遂将本次昆明行得词联语赠之："龙岭藏修游息鉴东西互进　螳川太极推水助文脉流长　庚子年十月廿八"。

汉宫春·观《唐宫夜宴》

（2021-02-18）

今朝雨水润神州，明日江花似火流。

千里江山，阅簪花仙女，一抹斜红。

绿罗香雪，竞照曲水芙蓉。

丰腰扑蝶，太妖娆、怎取黄钟？

临圣殿、莲花跬步，明堂彩乐葱茏。

慢曲飘移联袂，转毡靴粉带，骨笛骊穹。

鹗尊羽香玉馔，绰约三宫。

胡旋尚陌，玉环雏、涵养闺中。

凝目处、方壶管鼓，倩谁帘卷新瞳？

宝鼎现·百年颂

（2021-07-01）

大山摧顶，宇内环破，哀鸿难住。
狮渐悟、南昌鸣角，呼吼农工擎钺斧。
斩赤水、举长征封古，联御倭兵战著。
结剩勇、驱除旧腐，万里吞云如虎。

往事安忍觥筹付，忆当年、充眼凋树。
倾义士、弦歌问道，甘愿成仁滋烈土。
梦跌碎、看红船撑棹，怀响宣言课赋。
廿八载、翻新日月，搅动乾坤蹈舞。

为政七十经年，山静水明承天序。
驾舟车田圃，无数欢颜旦暮。
碧野阔、有清流注，四海殷笙鼓。
笼万物、天地成行，剑履人间大路。

纪事篇

五古·小学

（1970—1971）

站前黄土道，上学小儿郎。

晨去一身土，暮归披湿裳。

拼音书写课，唱亮日东方。

噼啪算盘响，男儿三尺长。

读书依节气，春种积肥忙。

夏季拾余麦，秋收瓜果香。

好时年景短，刺骨北风凉。

吾袄尚遮体，外公凄断粮。

世医家术在，却落马牛荒。

革职泯人意，冰花若冷霜。

外公心朗朗，谋划再生行。

贩菜本无款，包租哪有房。

围绳存车处，空手套白狼。

我执描图笔，涂鸦仿宋章。

逢时高挂树，振臂呼车忙。

每辆二分整，不言饥苦肠。

夜来清算账，凑俩壹圆张。

喜上外公脸，夸吾成大梁。

吾心虽暗喜，更懂自当强。

立下愚公志，开山为国煌。

注释

站前二句：我上的第一所学校，位于原滦县火车站东（滦河方向）约 1 里处，名滦县新站小学。站前广场向南一条笔直约半里长的路正对汽车客运站大门，儿时姥姥家就在那条路的远端。那里，便是我上学的起点。由于汽车常年辗压，记忆中的上学路时常尘土飞扬。

外公等句：我的姥爷陈作轩世代从医，其父陈东海一战时（1916 年）随中国劳工参战，任英军驻法华工医院医护长，1918 年获法兰西骑士勋章，回国后开"东记医院"，以西医骨科见长（《滦县志》1937 年版）。1956 年，姥爷携东记医院加盟县医院，"文革"时期遭批判、关牛棚，继而被解职，不得不以存车为生，后平反复职。姥爷存车期间，我成为他的小帮手，以至他生前我每次去探望，老人都念念不忘。

五绝·画猿

（1984-12-21）

赠绿水骑士归故里。

猿无片刻宁，
沫染柳梢青。
绿水且留意，
归山勿忘形。

附诗：

五古·致君

（1984-12-31）

绿水骑士

隔日如隔川，
隔年如隔山。
不信不妨看，
不见不静猿。

九回肠·唐山地震十年祭

（1986-07-28 初成，2020-07-12 修订）

原作于唐山大地震十周年纪念日，34 年后忽闻唐山又发生 5.1 级地震，甚切，修订重发，以致对逝者哀思及生活寄托。醇色电台、都市头条、美篇等同步发表。

夏去秋殇，年复悲凉。

怅故园、一片尘墟状。

见残垣楚雨，孤坟孑立，泣断萧娘。

尽托西飞新燕，捎私语，诉衷肠。

悔当初、地裂山崩猝，未列相思账。

一帘幽梦，两界无常。

二郎神·麦莎奇遇象山居

（2005-08-06）

沙如绢，海似练、层涛拍岸。

石浦古村擒鱼眺远，风樯动、水天翱燕。

应是杨郎思下界，巨鼓荡、雷霆漫卷。

蜃雨暗、腥风恣渡，警哨须臾吹遍。

潮瀚，星河倒泻，石崩沙溅。

若戟扫龙宫穿地裂，掀紫瓦、棂阃惊断。

黯淡长宵挨破晓，窃私语、真君意倦？

愿天护渔湾，历历航帆，家家余饭。

注释

题记：台风麦莎是日凌晨在浙江玉环、象山一带正面登陆，中心风力 14 级。狂风暴雨、雷电飞沙，天地轰鸣欲裂。时吾恰客居象山，感惊悚一夜。

杨郎：指杨戬，神话中的二郎神，又名二郎显圣真君。《封神榜》中二郎神之桥段多与《西游记》中孙悟空有相似之处。

星河：又称银河、天河。[南朝]张融《海赋》："湍转则日月似惊，浪动而星河如覆。"

七绝·夏至品诗

（2018-06-21）

紫薇漫野溧阳行，

水岸曹山诵古声。

飞鸟盘空听夏月，

乌粮果腹品悠情。

注释

题记："夏至到，鹿角解，蝉始鸣……" 6 月 21 日 19 时，江苏广播"百名主播诵经典"夏季诗会，在溧阳曹山水畔上演。"苔花如米小，也学牡丹开。"观众席上一排小学生情不自禁地齐声应和，赢得一片掌声。

乌粮：每逢农历四月初八，溧阳等地有食乌米饭的习俗。其做法是将糯米置于乌饭（南烛）树叶汁中浸黑，蒸熟后饭团黑亮清香，祛病益颜。相传释迦牟尼弟子目连，为使身处地狱的母亲吃上饭，用此法煮成乌饭送去，饿鬼怕中毒不敢争食，其母得以果腹。为纪念孝子目连，民间设立乌饭节。此外，也有纪念孙膑等说。

五绝·惊雀

（2018-11-04）

红叶醉秋末，
金湾觑夜阑。
楫舟惊雀起，
一叫漾漪坛。

如梦令·珠江论道

（2018-11-17）

师大中传广厦，影视结缘华夏。
南岭水江盈，雄杰蛮腰并驾。
催马，催马，梦返学宫稷下。

七绝·大雪会群英

（2018-12-08）

大雪时分肃索寒，
百家学俊会郊轩。
争鸣阔论经年远，
偶有青衿笑我烦。

清平乐·贺嫦娥四号月背着陆

（2019-01-03）

1 月 3 日 10 时 26 分，经 26 天长途跋涉，繁奔月、变轨、制动、落月等复杂操作，嫦娥四号着陆器成功降落月背，玉兔二号巡视器（月球车）登陆，拍摄并发回清晰图片。这是人类探测器首次自主在月背软着陆。11 日下午，在鹊桥中继星支持下完成两器互拍、探测数据有效下载。

雷光四溅，月背嫦娥现。
莫问乡愁休道晚，惊落吴刚玉盏。

久垂寰宇风烟，阴晴格物存天。
任尔浮云蔽日，终将气贯河山。

桂殿秋·题小年二首

（2019-01-28）

闻陶博士携母游学考史，欣然感题。

其一

乖孝女，贴心房，
举案榻前已暖肠。
舟车莫道慈娘泪，
把盏舒云自远方。

其二

长夜里，月鸣钟，
邃密五经有真功。
涵今达古弩行路，
斩卷披尘玉若风。

如梦令·除夕路二首

（2019-02-04）

其一

清早青霞轻驾，轻步清声青挂。

心系上心人，身向蜀陵山下。

山下，山下，春饼对联年画。

其二

寻访仙山松港，喜看农庄林荡。

荒路复歧途，问道古村乡党。

乡党，乡党，笑指戏台锣响。

七绝·开学

（2019-04-02）

一湖春柳绕堤台，
万卷诗书迎客来。
养德修身咸有益，
国王天使两无猜。

注释

国王句：进修班开学第一天，30名学员在老师带领下做"国王天使"抓阄游戏，两两暗中结对，在未来90天为对方助学，爱心接力。

七古・怀念黄一鹤

（2019-04-08）

　　闻央视春晚首导黄一鹤先生今晨仙逝，年八十有五。20年前先生在中广学会专家组工作，与吾多有联，特作七古以悼。

黄花缦舞白云间，
一树葳蕤映墨兰。
鹤步阙宫仙骨瘦，
春风无语浩歌湍。
晚舟野渡千夫问，
开启新春万户欢。
先叹三声为乡恋，
河山萦梦到家阑。

七律·初上大别山

（2019-05-19）

　　是日午后北京骤起狂风，墙倒树断伤人，飞机停飞，一扫雾霾。彼时吾已飞抵武汉并转车到达原鄂豫皖苏区首府河南新县。当晚京城包雯女士发七绝咏风，连夜作本诗以和，北天句特谓此风。

云翔潢水信旗挥，
风动银鹰下翠微。
大别山中寻杜宇，
镜湖岸上眺余晖。
北天遥望苍龙去，
南岭临沾绛雨归。
来日调弓杨叶破，
沙场问策笔花飞。

附原作:

七绝·风飘

（2019-05-19）

包 雯

花辞碧树落红飞，

烟霭飘遥云际归。

一任长风犹舞袖，

凌空皓月览清辉。

注释

潢水：指小潢河。发源于河南新县万子山脉，流经光山、潢川入淮，全长 140 公里。

信旗：古代军中用于指挥进退的旗帜。

翠微：形容山光水色青翠缥缈，有时泛指青山，这里特指大别山区。毛泽东《答友人》："九嶷山上白云飞，帝子乘风下翠微。"

杜宇：传说古蜀国国王，爱国爱民，禅位于宰相，后宰相胡为，他化作鹃鸟日夜啼鸣，喋血山冈，染红漫山杜鹃花，此鸟又唤杜鹃。

调弓：张弓，调整弓箭使之和谐，达百步穿杨之效。喻锤炼好弓。〔唐〕元稹《酬卢秘书》："私调破叶箭，定饮塞旗杯。"

笔花：落笔生花之意。喻通过刻苦研修，达才思俊逸、文采飞扬之境。

七排·汑地糯香飘万里

（2019-06-07）

晨光磊照卜奎驿，
破晓健行追鹤人。
汑茂林幽琴瑟远，
桂芳芦糯彦踪殷。
季春德瑞志鸿鹄，
孟夏情昭慨酿醇。
浊酒闻清将进盏，
子龙荒路染风尘。
罗浮敏女思归意，
雅鲁家军断候宾。
借得新河天外水，
邀君畅饮到良辰。

注释

题记：是日端午，友人会诗。因近日家事繁重，无暇弄句，遂将数日前学友聚会记作，略修几字聊和。内含十几位学友姓名。

洑地：水流回旋的湿地。

磊照：石多为磊，形容坚硬、实在。这是指光线充足，照射强烈。

卜奎：齐齐哈尔别名，又称鹤乡。原为人名，系达斡尔族英雄，曾参与签订《尼布楚条约》。"卜奎"二字由达斡尔语音译而来，意为"勇士"。清康熙年间设卜奎驿站。

芦糯：芦苇叶透糯米香，代指粽子。端午节北方地区常以芦叶包糯米粽。

将进：请喝（酒）。[唐] 李白《将进酒·君不见》："将进酒，杯莫停。"

罗浮：罗浮山，道教名山，位于广东境内，传说是由两条化形罗山和浮山的神龙结合而成，盛称"百粤群山之祖"。

真珠髻·回眸母校

（2019-06-09）

京东郊外，母校庭深，又是青葱时节。

谧林荫处，梧桐遮日，曲水嫩荷尖血。

楼宇依然，圣像耸、情思难绝。

四十载，不见桃林，扼腕叹嗟伤别。

经年回首童褐，纵栏杆拍遍，旧痕声咽。

好风长诵，春亭独坐，犹享小楼莺悦。

再数浮云，终勿忘、月圆还缺。

莫蹉岁，豪饮金樽，意气乘风携月。

附诗：

浣溪沙·读回眸母校感时

（2019-06-14）

吉 水

把盏凭栏念故园，春亭景色问谁看。
桃花落尽嫩荷妍。

有限青春无限事，别时容易见时难。
隔屏不语亦相关。

七律·毕业歌

（2019-06-28）

53 期进修班完成百日学业，昨午后联欢，揭晓"国王天使"，众多感慨。今晨忽细雨绵绵，如诉如泣；上午最后一课，中午放晴，下午赴总局毕业典礼，合影留念，明日西东，从此海角天涯，唯牢记始终也。

校园仲夏梧桐碧，
果满堂前桑杏芳。
蹈舞吟诗怀德远，
掬花问雨感天慷。
攀峰跬步积心得，
研习千篇续墨章。
贤哲常闻明至理，
修身筑梦气神昂。

临江仙·北楼杨柳照无踪

（2019-06-30）

宴罢楼台门既锁，酒醺愁对长穹。

北楼杨柳照无踪，歌声已驻，唯雁啸天红。

荷盖不谙凡境事，莲花依旧争浓。

灶烟闲袅早茶丰，杯羹即启，猛醒五更风。

注释

闲袅：形容细长柔软之物随风轻扬。这里指早晨炊烟缭绕、悠然升起的样子。［南唐］李煜《临江仙·樱桃落尽春归去》："炉香闲袅凤凰儿，空持罗带，回首恨依依。"

五更风：五更，指现今早上 3—5 点时段，为夜昼交替之时。此刻常起凉风，催人渐醒。［唐］韦庄《喜迁莺·人汹汹》："人汹汹，鼓冬冬，襟袖五更风。"

附诗：

西江月·读昨夜楼空有感

（2019-07-01）

杜 鹃

初叹红梅始绽，复惊绿竹婆娑。
杨柳深处满池荷，不见人间烟火。

孤雁北楼独啸，酒醺席间欢歌。
煮茶高阁醉山河，邀请清风入座。

七律·昨夜五更雨

（2019-08-02）

昨夜五更凄沥雨，
今晨微感夏风凉。
荷池水满蜻蜓落，
绿径花欣蝴蝶忙。
天阙流云穿星宿，
地涯孤旅挑芯光。
问询海外暂栖客，
何日登舟返故乡？

七律·梵音偶感

（2019-08-15）

是日农历七月十五，佛欢喜日，中元节。闻友人诵经终日有感。

举头仰望窗前月，
润若银盘挂碧穹。
一日禅音绕梁去，
千年悟道坐莲丛。
三餐未进诚心满，
九鼎加持善意功。
唯念今秋时雨早，
斯人骨瘦不禁风。

附诗：

七律·次韵张师感梵音

（2019-08-15）

溪 客

篆香袅袅临黄卷，

洗却铅华叩昊穹。

暑去又来来又去，

秋空如水水如空。

心诚有幸参元化，

愧少天资难为功。

梦见颇多相见少，

中元把盏祝东风。

五律·致虞美君

（2019-09-18）

词人当自省，
每夜忆东坡。
勤做修身事，
远离虞美娥。
秋华将散尽，
块垒可添多？
君问欲何往，
宜停逐浪歌。

附诗：

五律·戏和君昌兄

（2019-09-19）

晓　阳

每羡瀛洲远，
蓬莱逐逝波。
美人谁不爱，
块垒自消磨。
买醋因盐少，
打油嫌菜多。
我呼李后主，
无碍谒东坡。

凤凰台上忆吹箫·秋付

（2019-09-27）

孤棹松江，露霜粘柳，浪翻潮涌舟横。

任暮风轻漾，幻享瑶筝。

生怕风吹叶落，形入水、又是浮萍。

汀洲上，关关唱断，醉了沉星。

希声。梦湖宛若，前日晓江边，水木兰亭。

踱岳阳湖月，思惘迷睛。

寻得堂前飞燕，衔袖锦、笺素红缨。

今秋付，天高阙凉，勿问阴晴。

破阵子·浩荡长江

（2019-10-16）

不恋新都夜色，不贪桂港轻莺。

年少兜鍪千嶂外，茹苦成兰万里行。

九州扬盛名。

气若长江浩荡，文如宝刃天兵。

力举千钧西北角，踏遍祁连犹始惊。

晚生更动情。

注释

题记：范长江，我国现当代杰出新闻记者，1909 年 10 月 16 日生于四川内江，20 世纪 30 年代以《大公报》记者身份采写《中国的西北角》《塞上行》等经典作品，享誉华夏，是新中国新闻事业开拓者之一。2019 年 10 月 16 日，纪念范长江诞辰 110 周年暨首届长江新闻论坛在四川大学举办。

新都：位于成都东北 20 公里处，辖内桂湖景区小桥曲径、画榭波栏，为当年成都新派男女赏玩佳地，也为当时川北大路起点。1935 年夏，范长江由此出发开启"成兰纪行"。

兜鍪[dōu móu]：原指古代兵士作战所戴头盔，这里代指范长江只身远行。[南宋]辛弃疾《南乡子·登京口北固亭有怀》："年少万兜鍪，坐断东南战未休。"

力举句：范长江赞鲁迅："手无寸铁兵百万，力举千钧纸一张。"亦为自己座右铭。

祁连：1936年春，范长江用近百日时间穿行祁连山南北，以明人咏祁连"气吞沙漠千山远，势压番戎六月寒"概此地之要略，并预言"此段地区在二三年或五六年后，难免有重大情况发生"，为西北行留下浓墨重彩的篇章。

河满子·望南澳

（2019-10-28）

是日农历十月初一，寒衣节。

昨夜凄风乍起，落英如泣寒秋。
不辞沧桑行南澳，只缘游子漂游。
寂寞他乡凝望，海天茫远人愁。

情似长风万里，不闻南国花休。
力擎高灯三级塔，向洋招领归舟。
环顾木棉开处，倚阑霜泪难收。

柳梢青·昨夜星宸

（2019-11-01）

昨夜星宸，星宸今夜，月落无痕。
雨后三更，牙湖清寂，香细听真。

依稀幽径温存，柳梢动、惊鸥四纷。
北望江亭，花溪依旧，唯念诗人。

注释

星宸：参加四川电视节活动，连宿此馆。

牙湖：月牙湖，驻地前人工湖，设花径石凳。

江亭：合江亭，位于府河、南河交汇处。

花溪：浣花溪公园，为"黄四娘家花满蹊"之所在，旁有杜甫草堂。

七律·雪后

（2019-12-01）

雪后京城碧瓦新，
琼花玉树吐芳茵。
邀来远客话桑陌，
点数红墙流岁银。
塔影亭亭晴日丽，
湖光熠熠爽风纯。
孩提戏逐冰车闹，
总盼今冬早立春。

七绝·又雪京城兼答诗友

（2019-12-16）

又雪京城缟素描，
青娥袅袅袖罗飘。
山川莽莽红尘寂，
唯见琼枝演玉箫。

注释

青娥：青女，仙界主司霜雪的女神。［明］刘基《钟山作》："青娥不分秋容寂，故染枫林似老人。"

附诗:

鹧鸪天·读张君诗有感

（2019-12-16）

吉 水

呓语无凭惊夜阑，一帘风雪几重寒。
倾城料是玲珑色，吹落琼花锁冷烟。

天外客，素尘仙，拟将心绪寄云笺。
可猜花意如人意，欲问无言胜有言。

六州歌头·谒黄陵

（2019-12-31）

长安北麓，钟鼓亮桥山。

西风骤，烟云乱，切肤寒，意弥坚。

举足月明路，谒初祖，思来步，祈甘露。

英魂注，盛开年。

沮水潺潺，苍柏铮铮仁，侍卫龙纶。

看五洲四海，峰浪尽泥丸。

华夏疆关，最人间。

念轩辕剑，挽炎族，平涿鹿，创新元。

诚问道，勤民务，制车船，务桑园。

国脉承龙脉，周秦汉，续龙传。

通万贾，皆朝祝，拜旗幡。

挂甲启昭千古，万邦固、笃定坤乾。

盖华人万世，润土德黄颜，永眷河山。

注释

题记：是日昼拜黄帝陵，出席黄帝文化发展论坛、"丝路万里行"车队抵达仪式，夜参"黄陵谒祖 祈福中华——2020全球华人新年祈福大典"跨年直播，次日出席"丝路万里行"采访研讨会。

桥山：位于西安市北165公里处（今黄陵县境内），华夏人文始祖轩辕黄帝葬此山巅。司马迁《史记》："黄帝崩，葬桥山。"

龙纶：传黄帝于鼎湖铸鼎成仙，乘龙升天。臣民不舍，拽下衣袖纶巾葬于桥山。有曰黄帝陵为其衣冠冢。

念轩辕剑四句：指黄帝以阪泉、涿鹿两大战役，收编神农、九黎两大部落，万邦来朝，成天下共主，创华夏融合统一新纪元。

挂甲句：挂甲柏，位于轩辕庙右前方，如巨伞矗立，树干洞孔密布，柏液中出，树龄3000余载，为万柏之奇。传汉武帝谒陵于此挂甲，陵前筑九转祈仙台登高，祈求黄帝佑大汉江山，开历代皇家祭祖先河。

土德：轩辕面土黄，有土德之瑞，故号黄帝。

七绝·题侄满月

（2020-01-04）

己亥腊月初十侄满月。

家庆宅轩添盛宴，
腾烟族旺降馨男。
满原雪瑞临齐鲁，
月异天新开岱岚。

减字木兰花·忆童年

（2020-03-01）

儿时旧路，曾越城头观日暮。
溧水悠扬，大觉禅庭百草香。

青苔石板，老树寒鸦春雨乱。
乐倚危楼，细数田畦负耜牛。

蝶恋花·和吉水谷雨

（2020-04-19）

昨夜鲁风吹晓雾。甜梦微惊，恐失垂杨渡。
骤雨疾风今北顾，京师满地梨花露。

郊野耕夫辞万苦。蓑下休锄，又走升烟处。
陌上举头虹彩舞，酬勤天道周公哺。

附原作：

蝶恋花·谷雨

（2020-04-19）

吉 水

螺碧细粼分晓雾。啼湿斜光，帘卷垂杨渡。
昨夜东风催谷雨，惊残楚梦枝头露。

陌上初晴春几许。乳燕雏莺，不道寻芳苦。
欲问春心终不语，人生何必伤朝暮。

十月桃·参观国博有感

（2020-05-02）

和风催暖，近炎炎夏日，国博开辕。

足远匆匆，只为一睹新颜。

坛坛罐罐陈案，铜铁锈、造像如前。

登楼履重，俱往云烟，忍对先贤。

问三皇桑药麻园，向五帝寻焉，后世追源？

一展《红楼》，阅然千载家垣。

观通《论语》半卷，心轴定、国治邦安。

山高景仰，信步时间，四海凭栏。

注释

题记：闻国家博物馆疫后重启，顶炎炎烈日独步前往。此距吾首涉时称历史博物馆已去 40 载，物是人非，观感不一般。

一展二句：化用毛泽东点评《红楼梦》"世事洞明皆学问"，"不仅要当作小说看，而且要当作历史看。他写的是很细致的、很精细的社会历史"，甚至说它是了解旧中国的"百科全书"。

观通三句：公元前 500 年前后，古希腊苏格拉底、古印度释迦牟尼和中国孔子等一批伟大的思想家几乎同时诞生，他们创立的学说推动人类文化突破进入轴心时代。儒学作为中华文化轴心几千年长盛不衰，声名播及海外。元杂剧《遇上皇》有"半部《论语》治天下"的夸张比喻。

景仰："高山仰止，景行行止"可缩略为"高山景行"，派生"景仰"，喻以崇高德行为人敬仰和遵循。原出《诗经·小雅·车辖》，后司马迁《史记·孔子世家》引以赞美孔子："'高山仰止，景行行止。'虽不能至，然心向往之。"

万年欢·珠峰重测

（2020-05-27）

浩峨珠峰，冠寰球景仰，圣母从容。

晨沐霞光，装扮天女寒宫。

绒布川冰万仞，群象起、逐鹿苍穹。

冰林塔、直刺云空，白龙聚首朝东。

冰河不辞银镐，伫红芯觇标，天地兼通。

犹听闲吟凄冷，角鼓悲风。

放眼瞳瞳万象，向来日、迢递葱茏。

晴光泻、山岳对歌，江海飞鸿。

注释

圣母：珠穆朗玛峰，又名圣母峰。藏语中"珠穆"是"女神"之意，"朗玛"是"母象"之意，合称"大地之母"。藏族神话说珠峰是长寿五天女的官室。

绒布四句：绒布冰川及瑰丽罕见的冰塔林，是珠峰独特景观。其周边20公里内矗立着40余座海拔7000米以上的高峰，形成群峰来朝、波澜汹涌的壮观场面。

冰河三句：测量珠峰高度，代表一个国家的综合科技水平。2020年5月27日11时，中国珠峰高程测量登山队顺利登顶，竖起红色觇标和GPS天线，从山、海、天多方位对珠峰进行第七次测绘科考。12月8日，中国和尼泊尔共同宣布珠穆朗玛峰最新高程——8848.86米。

附诗：

七律·和珠峰重测

（2020-05-30）

世　彬

集句君昌先生《万年欢》，以七律酬答。

珠峰浩气刺苍穹，
日沐霞辉扮圣宫。
腊象驰疆凌百仞，
银龙聚首越千虹。
冰河掣镐觇标竖，
角鼓临风天地通。
放眼瞳瞳观万物，
晴光片片递飞鸿。

迎春乐·小暑寄思

（2020-07-06）

闻高校相继举办"云毕业典礼"及南方持续大雨感怀。

云中作别雏鹰远，雷声急、催霄汉。

水烟茫、险陌泥行慢。

牵旅思、心头乱。

过夜雨、曦霞慵懒。

聚望处、荷尖蜓健。

柳岸谁人戏语，笑指花盈汗。

惜红衣·蓉城忆和冯梅听赵雷成都曲之作

（2020-07-25）

淡抹芙蓉，升灯寄绪，倦莺思逸。

午夜轻风，婆娑影闺蜜。

春熙漫步，醺醉意、无须醇碧。

行适，声喧玉林，怅君兮何日。

诗情酒驿，仁宇留香，天添锦城色。

梨花溅雨爱客，海棠泣。

水月洞天难忘，只感丽人焦寂。

问蜀都明月，何事小楼琴瑟？

注释

醇碧：古时一种色碧、味厚的酒。[南宋]陆游《自适》："家酿倾醇碧，园
蔬摘矮黄。"

附原作：

惜红衣·听赵雷成都曲有感次韵姜夔之作

（2020-07-25）

冯 梅

雾漫窗青，叽喳鸟语，醉馀乏力。
暑热消凉，晨茶泡新碧。
成都恋曲，盈耳畔、城南留客。
堪寂。凝眸泪眼，忆青春生息。

丝管子美，如画青莲，延今古名籍。
曲悠酒馆蜀国，玉林北。
日美宴歌家住，老少聚欢亲历。
叹此生缘际，琴奏润书春色。

一斛珠·庚子立秋

（2020-08-07）

竹围画港，夜阑湖畔金波漾。

碧楼左岸人相望，把酒醺风，一览高街旺。

铁板烹烧烘焙榜，霓裳万国游人赏。

八方来客殷情唱，雨打兰灯，岁月歌无恙。

贺新郎·满家婚礼赞

（2020-09-19）

庚子清秋露。

雁齐鸣、辽空如洗，紫云红雨。

高奏箫韶花轿乐，香阁新荷绽舞。

一个是、纶巾归鬣。

长白缃缊蒙兰蕙，顾齿如含贝东邻女。

那最是，唱金缕。

长歌一曲浑河赋。

浪连天、此情难住，梦回春愫。

四载同窗书山苦，只恨孤鸿远渚。

终牵袖、兰舟结渡。

思琬谱抒高车曲，愿助包尔可桑农圃。

喜满宴，仰天姥。

注释

长白：系长白山。"白山黑水"乃满族发祥地，本句的"长白"和过片的"浑河"，为白山黑水之典型意象。天命元年（1616），清太祖努尔哈赤在今抚顺新宾县赫图阿拉（兴京）称汗，号大金国（后金），又更名"大清"，拉开多民族统一大业帷幕。浑河贯穿抚顺及大金盛京沈阳全境，被视为满族的母亲河。

兰蕙：兰和蕙，皆香草，喻贤杰雅士。[东汉]班固《汉书·扬雄传上》："排玉户而颺金铺兮，发兰蕙与穹穷。"

齿如含贝：本意牙齿整齐洁白，常借以形容美女。[战国楚]宋玉《登徒子好色赋》："天下之佳人莫若楚国，楚国之丽者莫若臣里，臣里之美者莫若臣东家之子。东家之子……腰如束素，齿如含贝。"

东邻女：宋玉所言东家之子，代指美女。

天姥：山名，在今浙江天台县与新昌县交界处。此山不仅以天神叫"姆妈"知名，更以文化名山著称，为道家第十六福地，世人以为祥瑞多福，皆怀仰慕。[唐]李白、杜甫分别作《梦游天姥吟留别》《壮游》千古绝唱，使天姥山成为人们无限向往的神奇仙境。

人月圆·赠江帆挂职新疆（新韵）

（2020-10-03）

红黄紫绿青蓝靛，佳节喜相连。
天池烟碧，金芽吐翠，人月同圆。

文涛摆宴，新河酒满，齐赞江帆。
举杯笑语，莺歌万里，声动全班。

七绝·秋日三题

其一 七绝·赠马兄

（2020-10-04）

老马卜奎临驿庄，
风旗水寨满壶浆。
加持婚礼一枝秀，
烹煮肥羊两袖香。

其二 七绝·秋雁疾

（2020-10-07）

庭间一串风铃响，
几朵斑云过社塘。
湖里天高秋雁疾，
宾飞何处可安乡？

其三　七绝·高车曲

（2020-10-27）

高车又过济南西，
几度秋风扫鹤啼。
借问城中谁是客，
茫然打坐柳泉堤。

唐多令·飞越天光

（2020-10-22）

山邈宙风长，落红秋叶黄。

九月时、飞越天光。

三百驱瘟终有望，又两日，再重阳。

罗带瘦清江，客随烟水茫。

疏影间、暮碎星霜。

欲上高楼谁载酒，云梦处，菊花凉。

高阳台·剑履乌当云雾山

（2020-10-25）

　　贵州乌当地区春秋时属柯国，西汉时归夜郎县，现为贵阳市区之一。辖内有贵阳最高峰云雾山，海拔1659米，为登高佳处。周边香纸河、相思河水系密布，有珍稀植物南方红豆杉、香果树等，更有仙女瀑布群、偏坡布依乡、渔洞峡（天水一线、碧水轻舟、夜郎山寨）、情人谷（溶洞、石乳石钟）等，成黔中胜景。

云雾擎天，乌当秘境，轻舟碧水流年。

剑履登攀，南方红豆争妍。

仙娥群瀑情人谷，夜郎憨、竹抵横船。

水滔滔、香纸河湍，直上云巅。

偏坡峭谷寻黄果，湿红牵一线，满月青烟。

白首偕秋，东篱黄菊堪怜。

飘零向晚无归处，且吟风、挥指天边。

乳钟林、栩栩叮咚，亘古人间。

青玉案·参观徐光启纪念馆

（2020-10-29）

漕溪北上南丹路，九间阁、徐公墓。
　　暗柳追思花荐语。
立身行道，著遗四部，不党遭闲住。

躬扶耒耜修农务，落笔方圆治规矩。
　　日月星辰观昼暮。
会通超胜，一蓑烟雨，留得清风驻。

注释

题记：徐光启：明朝上海县人，誓言"立身行道，治国治民，崇正辟邪"。崇祯年间曾任礼部尚书兼文渊阁大学士，为西学东渐第一人。崇尚科学，主张富国强兵，曾通州练兵、制炮卫京，造望远镜、夜观天象、预测月食等。

九间二句：徐家祖宅"九间楼"，渐次演变成今"徐家汇"；徐家墓地 1978 年辟建"南丹公园"。为纪念徐光启逝世 350 周年，1983 年更名"光启公园"，2003 年，园内移 500 年老宅"南春华堂"一座，建成"徐光启纪念馆"。

著遗句：徐光启著《农政全书》《徐氏庖言》（兵书），编《崇祯历书》，与利玛窦合译《几何原本》等四本主要著作。

不党句：徐为官刚正，不畏权贵，曾遭阉党污陷被弹劾"闲住"七年。

躬扶句：徐"躬执耒耜之器，亲尝草木之味"，在上海试种番薯、天津试种水稻，均获成功。

落笔：为推演勾股定理，徐"穷方圆平直之情，尽规矩准绳之用"。

会通句：对于西学，徐主张"欲求超胜，必须会通"。

一蓑二句：徐为官清廉，去世时仅存手稿数箱，旧衣几件，囊无余资。

摊破浣溪沙·过工部祠

（2020-11-01）

石径柴扉兀自开，蓬堂流水为君来。

双目三寻四回盼，感时怀。

碑语释迷唐塔在，潭幽含宓浣花台。

诗圣结庐传万古，梦黄淮。

注释

题记：参加中国高校影视学会第二十届年会，结束赴机场途中参观杜甫草堂。

碑语句：2001 年，草堂遗址出土一通唐僧人塔铭碑，记有"江水之西，平原之上……空余石塔"。与杜甫诗"浣花溪水水西头，主人为卜林塘幽"和"古寺僧牢落，空房客寓居"所述吻合，证明杜甫所居年代，草堂旁确有一座梵安古寺，现大雅堂即原寺大雄宝殿改建。为避安史之乱，杜曾在此寓居 4 载，留诗 240 多首，后成"诗史堂"。

浣溪沙·赠川影

（2020-11-02）

西岭荒东筑泮官，披风望雪子矜寒。
秋光川影写斑斓。

桃李不言蹊自远，安仁直向百花筵。
古今贡院渴先贤。

注释

西岭二句：由杜甫诗"窗含西岭千秋雪"而化。西周时期各方国所办大学称为泮官。

安仁：大邑县安仁镇，川影所在地。

苏幕遮·寒衣节后雨连阴

（2020-11-18）

送寒衣，阴月一。

霏雨霖铃，雾重寒鸦泣。

路上千车频作笛，惊叶翩纷，片片寻荒驿。

水云低，催马急。

黯月沉星，焚火追思忆。

漠北声闻冰雪滴，更唤秦风，壮我周身力。

注释

题记：11 月 15 日（农历十月初一），寒衣节，此后北方遭遇连阴雨，天昏地湿，黄叶铺地。18 日，东北多地及京北山区初雪，漠河气温骤降至零下 30 多度。肃杀之气将悼亡情绪推向极致。

附诗：

苏幕遮·小雪感怀

（2020-11-22）

槑 朵

菊留香，山失色。

野鸭藏踪，飒飒芦花白。

岸柳吹黄凭水泣。枫影斜阳，莫负林泉客。

望青云，听玉笛。

谁寄瑶音，竟惹心头忆。

鬓染新霜寻旧迹。如许襟情，欲诉江郎笔。

荷叶杯·致礼广播电视大奖

（2020-11-21）

寒月巧阳熏暖。

迟雁，长啸报佳时。

高堂穹顶玉屏垂，瑶熠水晶杯。

泥爪不沾金练。

天眷，青史纪留痕。

十年长守筑桥君，攀嵬种苗人。

注释

题记：中国广播电视大奖 2017—2018 年度广播电视节目奖颁奖晚会，于 11 月 13 日下午在 BTV 大剧院录制，21 日（世界电视日）晚间在北京、江西等多家卫视和广州、长沙城市台同步播出。

迟雁：晚飞的雁，从容而飞的雁。[北宋] 施宜生《感春》："塞北天寒迟雁归。"

高堂句：颁奖现场，5 米高的冰屏从穹顶缓缓降下，依次开启 9 大类 96 个奖项。结尾两句分别点评介绍两件获奖作品，作为获奖佳作的缩影，生动诠释了劳动者才是历史书写者，而揭示这一道理的记者，也将随他见证的历史一道进入史册。

十年句：采制广播消息《世界上最长的大桥——港珠澳大桥今天开通》的珠海台记者，录制了大桥从筹建到建成经典时刻的全部音响，跟踪时间长达十几年。当他从数千小时素材中剪出 4 分钟的消息时，已经从青年熬到中年。

攀崖句：电视系列报道《陡崖植树人：森林"长"在肩背上》真实记录了重庆巫溪县植树工人常年行走于悬崖之间，用背土肥、扛树苗的方式，为石漠化荒山披上绿装的事迹。记者跟随植树工人见证了在 60 度陡坡、巴掌宽峭壁路攀爬的艰苦工作场面。

归自谣·感嫦娥地外起飞二首

（2020-12-03-06）

其一

庚子月，白炽黑冰三百别。
嫦娥不惧朝天阙。

腾飞地外成首捷。
红旗猎，五洲争睹宫尘掘。

其二

归似箭，绕月嫦娥初吻现。
遥迢万里微波牵。

吴刚呆落折桂剪。
天河畔，女牛相望金波滟。

注释

题记: 12月1日23时, 嫦娥五号探测器着陆月表, 成为中国第三个成功实施月面软着陆的探测器。3日23时10分, 嫦娥五号上升器自月表点火升空, 成功将月球样品带入预定环月轨道, 实现中国首次地外天体起飞。6日6时12分, 嫦娥五号上升器成功将月球样品转移至返回器。这是中国首次实现月球轨道交会对接——"月宫之吻"。

白炽句: 月表昼夜温差300度, 五星红旗首次实现独立展示, 高科技材料不褪色、不变形。

微波牵: 与近地轨道相比, 月球轨道没有卫星导航, 微波通信是中远距离测量唯一手段。微波雷达成功引导月球轨道无人交会对接, 可谓"万里姻缘微波牵"。月轨环境复杂, 要克服月球引力影响, 交会对接对微波雷达要求极为苛刻。该技术是嫦娥五号任务"四大关键技术"之一, 是中国乃至人类首次技术创新。

女牛: 织女星和牵牛星。传说织女、牵牛分居天河两岸。[唐]唐彦谦《夜泊东溪有怀》:"酒醒推篷坐, 凄凉望女牛。"

补记: 12月17日1时59分, 嫦娥五号返回器携带月球样品, 在内蒙古四子王旗预定区域安全着陆。嫦娥五号连续实现我国航天史上首次月面采样、月面起飞、月球轨道交会对接、带样返回等多个重大突破, 为我国探月工程"绕、落、回"三步走发展规划画上圆满句号。

踏莎行·庚子大雪日咏六百年紫禁城

（2020-12-07）

盛雪楼台，山河凝驻。春秋六百明清度。

轴开一线出中原，青花海水携洋舞。

金嵌观球，午门传素。静听折竹音千古。

笑闻猛兽动凡心，清辉已满香梅路。

注释

题记：明永乐十八年十一月初四（1420 年 12 月 8 日），永乐帝颁诏："爰自营建以来，天下军民乐于趋事，天人协赞，景贶骈臻。今已告成。"宣告紫禁城落成。12 月 6 日晚，央视《国家宝藏第三季》首播《六百年紫禁城》，守护三件国宝：明永乐青花海水江崖纹三足炉、金嵌珍珠天球仪、午门。7 日逢大雪时令，朔北凛寒，借三件国宝咏 600 岁故宫并和籴朵先生词。

青花句：郑和曾携青花海水江崖纹三足炉等瓷器下西洋，昭示和平。

折竹音：指大雪压竹发出咔吧欲断声响。[唐] 白居易《夜雪》："夜深知雪重，时闻折竹声。"

附诗：

踏莎行·庚子大雪

（2020-12-07）

槑 朵

雪映红梅，风吹玉树。

寒山鸟尽云空渡。

银蛇乱舞正疏狂，尘封涧静泉无语。

傲骨冰肌，凌波独步。

奈何常惹群芳妒。

花魂雪韵意朦胧，风情洒满瑶台路。

饮马歌·庚子葭月话丁真

（2020-12-21）

甘孜冬至雪，坝上红尘绝。

素颜丁真缬，蓦然临天阙。

渴清泉，渡泊帆。

地远邀明月，展心结。

注释

题记：近日一段抖音视频捧红一位草根素人："我是丁真，今年20岁，我的家在四川甘孜州理塘县，就住在格聂雪山脚下。在我们村庄，每天早上推开门就能看见格聂雪山。大部分时间，我就和弟弟一起放牛，时间过得好慢，好慢。"伴随丁真的独白，理塘风貌惊现世人。理塘：藏语中，"理"是"铜"，"塘"为"坝子"，即广阔坝子有如铜镜。

葭月：因仲冬时节葭草会吐出"绿头"，故农历十一月又有葭月美称。

展心：敞开心胸。[唐] 王昌龄《送冯六元二》："清光比故人，豁达展心晤。"

如梦令·元旦二首

（2021-01-01）

其一

港西梧龙岩仔，崖寨参差花海。

叠石路崎岖，打卡慕名频拜。

争睐，争睐，不负翰音期待。

其二

海上翻飞鸥鹚，嗟讶大桥高矗。

盛宴载渔排，腴馔翠樽飘馥。

闽曲，闽曲，声动舫楼汀绿。

注释

港西句：港西、梧龙、岩仔为东山县三个特色古村。港西、梧龙建于丘陵，花团次第，幽径盘桓；岩仔悬于苏峰山崖，向东延伸至海，是观日出首选地。近年村民移迁，崖上建起帐篷酒店，庚子元旦旭日东升即景。仔字正韵为四纸，属第三部；而岩仔（崽）乃方言地名，应归上声九蟹，属第五部。本词用韵为第五部。

翰音：古时对鸡的美称。岩仔村以东千米海面上有一小岛，状似"鸡心"，故名鸡心屿。屿上礁石如林，与灯塔如天造地设，静中有动，被誉为"中华奇观"。岩仔村海边有悬石与其遥遥相对，已成网红打卡地。

玉馔：珍美如玉的食品。左思《吴都赋》："矜其宴居，则珠服玉馔。"

翠樽：亦作翠尊，饰以绿玉之酒器，也代指美酒。[北宋]周邦彦《浪淘沙慢》："翠尊未竭。凭断云留取，西楼残月。"

菩萨蛮·闻青岛大连海浩奇观

（2021-01-08）

　　因"北极涡旋"南下，近日我国多地现极寒天气。青岛大连海域由于海水温度高于空气温度，海水蒸发为水蒸气，缕缕白烟从海面升起，云雾般笼罩在海上，出现"海浩"奇观。

　　水烟池涨廊桥路，絮飘海市倾城舞。
　　隔岸话童谣，扶栏争折腰。

　　递迢仙气袅，喜鹊纷飞早。
　　霜冷压鱼书，云翻诗意苏。

五律·腊月初一偶感

（2021-01-13）

日暮涛声尽，
松风穿涧凉。
千重鸿爪路，
万迭雪林堂。
打坐定三界，
鸣钟扬四方。
观音南海外，
月下说无常。

抛球乐·致友心絮

（2021-01-28）

塞上呼风劲北吹，红番脂珀月光杯。
一声哀叹蜀西远，半袋酬年莫说归。
三十溪云暮，雪落金沙待晚晖。

附原作：

抛球乐·当日记事酬和冯延巳酒罢歌馀兴未阑

（2021-01-27）

冯 梅

酌饮微馀兴倚阑，义学灯灿肆营盘。
残香梅去三十载，移主七朝行路难。
晓梦人生愿，历经千帆祈晚安。

卖花声·立春偶思

（2021-02-03）

湖上起寒烟，柳吐新元。

鸳鸯争渡玉渊泉。

西望香炉腾紫雾，何似乡关。

倚榭对婵娟，风雨无言。

枝间婉转鸟惊弦。

不速青娥弹腊曲，作别斯年。

七律・隔洋闻听一涵女士生日而作

（2021-02-09）

美国大西北总商会执行主席王一涵女士在大洋彼岸过生日，族美华商纷致祝词。吾于网间获悉，结句以贺。

紫陌一涵千帐灯，
绛宫三殿百池筝。
鸟儿朝凤参差唱，
秦女漂洋鼓浪征。
筑镜江心传海客，
弹弦彼岸结宾城。
春风万里开云意，
泼墨瀛洲化雨耕。

河传·遥和稼轩花间体

（2021-02-14）

春雨，稠雾。莺收倦语，院沉烟树。

玉兰娇蕊怅春寒。

蓦然，寂寥天外天。

夜来忽卷长风练。

鹊巢乱，恰切声声远。

五更茶，竹外花，别家？踏莎寻早霞。

注释

题记：情人节，白日酥雨浓雾微寒，是夜风助云开，读辛弃疾《效花间体》仿之。

稼轩：辛弃疾，豪放词派代表人物，中年后别号稼轩居士。

暗香·日悬赤道诉黄尘

（2021-03-20）

日悬赤道，判仲伯夜昼，排云催鸟。

吐蕊玉兰，不管红衣海棠早。

青浅春山岸角，争竖蛋、村童纷吵。

怎使得、馆外春倌，寻觅碧蒿草。

孰料，漠北燥。势滚地抢天，漫卷沙暴。

卅年治扰，尧禹无言患沙恼。

河上图风北宋，憔悴树、黄尘缭绕。

也许要、风倦了，海平浪渺。

注释

日悬二句：春分日，太阳直射赤道，南北昼夜平分。上片中村童竖蛋、春倌说春、食春碧蒿（野苋菜）等均为春分意象。

孰料：谁料想。下片，写辛丑春分时节北方忽起十年未遇之沙尘暴，置身黄沙弥漫的城郭，仿佛回到《清明上河图》所绘的北宋名画之中。

仿将进酒·卷晨帘

（2021-03-27）

卷晨帘，京郊紫陌逢酥雨，
遥向南天云幕西。
喜闻莺，新绿春风吹面柳，
不寒喜鹊恰声啼。
花黄蝶舞两相系，共沐桃园若避秦。
洞里泉声听不尽，如烟往事忆凡音。
一颦一笑动山岳，一字一言柳下溪。
漱玉一泓潺水细，朝思暮念孔融梨。
东风过，扑面熏，摧英落，满地魂。
葬花人已去，独我拨灯忆王孙。
北地黄沙满城滚，行人掩面怨纷纷。
才吟元夕楼中月，何日秋千道梦邻。
草野齐呼孙大圣，手挥金棒展千钧。
一翻筋斗腾空起，荡涤人寰万里尘。
邀清雨，举碧樽，携月揽星安广厦，
教人一曲唱昆仑。

注释

题记:《将进酒》原是汉乐府短箫铙歌曲调,诗仙太白依古题而作长诗一首。该诗五音繁会、气象飘逸,成千古绝唱。乐府原调现已佚,唯太白杂言古诗尚存,故仿之。

避秦: 原意躲避秦时战乱,后喻避世隐居。[晋]陶潜《桃花源记》:"自云先世避秦时乱,率妻子邑人,来此绝境。"

东风过: 辛丑早春二月,京郊数度泛沙暴,最大一次创近十年之最。下片写身处沙尘之所思。

唱昆仑: 昆仑山巍峨雄壮又不失空灵澄澈,象征华夏民族刚正不阿、洁白无瑕之品格,千百年来不断被咏唱。[唐]李白《公无渡河》:"黄河西来决昆仑,咆哮万里触龙门。"

南歌子·劳作三曲

（2021-05-01）

其一

白雾遮村墅，坡田有似空。

水畦倒影笠耕农，好似珍珠簇簇落山中。

其二

谷雨殷勤至，浮云暗月光。

晓来原上牧羔羊，瞩望金秋陇亩稻花香。

其三

踏遍东山月，蓑衣落晚霜。

撷来雏地木麻黄，为阻西风不掠满庭芳。

醉花阴·妈祖诞辰观蝶岛

（2021-05-04）

三月廿三观蝶岛，岩雅渔家闹。
村社戏连台，妇孺颜开，奉祀林祠早。

登高澳角长堤眺，觅木杨尘道。
短艇过沙洲，浪击沉舟，飞雪神情俏。

注释

题记：是日为妈祖诞辰日，逢五四青年节，填词两意兼得。

妈祖：原名林默，农历三月二十三诞于福建湄洲岛，因救海难于九月初九仙逝，之后渐成东南沿海为中心涉海生计华人共同信奉的神祇。目前世界 45 个国家和地区有上万座从湄洲祖庙分灵的妈祖庙，信众 3 亿多。20 世纪 80 年代，联合国机构授予妈祖"和平女神"称号，2009 年，妈祖信俗又被列入人类非遗。

蝶岛：东山岛别称，因岛屿形如蝴蝶得名，中国第七、福建第二大岛屿，面积 220 平方公里，被誉为"中国十大最美岛屿之一"。岩雅、澳角、沉舟、木杨城、鱼骨沙洲是岛上网红景点。

诉衷情·祭袁公（外一首）

（2021-05-22）

神州长泪送隆平，天地祭英灵。

稻丰功盖神农，史册正留名。

六十载，稻花馨，品香羹。

人人五斗，君取一勺，挥袖风清。

七律·双星颂

（2021-05-23）

白云万朵压湘楚，

长岛三亭拜柱峰。

缥缈冰河松岳撼，

斑斓苍海急流冲。

神州无处不英树，

华族多情还醑宗。

喜送双星升宇外，

大鹏展翅更从容。

注释

袁公：袁隆平，"杂交水稻之父"、中国工程院院士、"共和国勋章"获得者，2021年5月22日13点07分在长沙逝世，享年91岁。他为中国人牢牢把饭碗端在自己手中做出巨大贡献。

双星：一位指袁隆平，1999年10月，国际小天体命名委员会将天空中第8117号小行星命名为"袁隆平星"。另一位指"中国肝胆外科之父"、中国科学院院士吴孟超，2010年7月，国际小行星中心将第17606号小行星永久命名为"吴孟超星"，他于2021年5月22日13时02分在上海逝世，享年99岁。

醉花阴·端午

（2021-06-14）

吴越客仙遥致兴，携酒雄黄鼎。
踏柳戏群婴，斗草千觞，胡马醺迷酊。

使君曾寄江心镜，照竹帘幽影。
蒲艾浴兰芳，灯火端阳，摇曳金西岭。

抗
疫
辑

七律·庚子感怀（外一首）

（2020-01-27）

自古兴邦多国难，
寥愁壮士对金樽。
忽闻黄鹤冲飞渡，
道是群英疾战魂。
天使过江酬项羽，
屈原洒泪羡龙孙。
神州勠力敌新患，
感动苍宫助火焜。

七绝·庚子感怀

自古兴邦多国难，
空留志士对金樽。
今朝黄鹤排云上，
且看苍穹抖楚魂。

附诗：

七律·敬和庚子感怀二首

（2020-01-30）

稞朵

其一

岁逢庚子几沧桑，爆竹声中战疫忙。
狞恶瘟君终有限，丹心志士爱无疆。
江城鼓角飘豪气，楚地旌旗荡烁光。
信是明朝春更好，神州无处不安康。

其二

劫痕历久尚分明，今岁逢瘟疫满城。
梦里黄粱纷过眼，尘间生死可关情。
九州豪语兼飞语，四面风声杂雨声。
幸有桃源能避世，佛前稽首祷升平。

喝火令·人胜节纪事

（2020-01-31）

七日临春近，蔬羹灶上吟。

忽闻渝楚告荒音。

望断水山烟树，药所几多寻。

感慨参差路，鸿泥酷梦心。

夜来书雁意难沉。

速越江关，口胜递西南。

待到埠门重启，驱驾赏春荫。

注释

题记：农历正月初七，人日，又称人日节、人胜节。传女娲七日造人，古人视其为人的生日，以戴人胜，赠花胜，烹食七宝蔬羹庆贺。

药所：药铺古称。

鸿泥：指雪泥鸿爪。

口胜：胜乃西王母标配头饰，她能调长生药，是主司生灵的天神。民间习之戴胜，流行人胜、花胜，以示对生命热爱和敬畏。今庚子年初新冠肆虐，人皆以口罩遮面，防止传染，珍惜生命，竟致局地告罄，纷纷求援，口胜由此化之。[唐]李商隐《人日即事》："镂金作胜传荆俗，剪彩为人起晋风。"

清平乐·庚子立春

（2020-02-04）

寒阴返注，北国东风暮。

百鸟不辞花恐树，犹唱枝头栖足。

魂牵荆楚危楼，三山力压瘟忧。

遥望龟蛇酣静，大江滚滚东流。

附诗：

清平乐·敬贺庚子立春

（2020-02-04）

槑朵

春生幽壑，悄悄都无觉。

满眼纷华空寂寞，劫影弥天忍虐。

云冻淡蕊疏梅，笛边婉转香回。

吹彻满园寒碧，明朝吩咐轻雷。

七律·京城皓雪时

（2020-02-05/06）

陌室无尘萍水清，
相思万里阻危城。
瘟君未去腊梅落，
留得残枝听雪声。
满眼垂花天地默，
双神赴命火雷惊。
晴川不舍汉阳树，
化作春泥厚众生。

注释

题记：华北 5 日大雪，以七绝记之。次日雪续，终成今冬之最。夜传武汉疫情"吹哨人"李文亮因新冠离世，又酌补四句成律，2 月 7 日发于"光明日报·阅读公社"。此诗前半首依古诗体、散调变格，语势相接，句句相扣。颈联转折归正，意境与颔联连中求异，收于工对，契合律诗法度，属变体律诗。如崔颢《黄鹤楼》。

腊梅落：典出［南北朝］鲍照《梅花落》，赞梅"霜中能作花，露中能作实"。

千秋岁·上元节步韵秦观水边沙外

（2020-02-08）

月星天外，人渡寒冰退。

朱雀唤，琼波碎。

山川连广宇，携我同衣带。

开泰否？暮云否极霞相对。

力牧洪荒会，风后沧桑盖。

黄帝志，今安在？

梦中清影晚，夜半莺声改。

春启也，上元点点心灯海。

注释

月星二句：上元时节，天上星月相辉映，世间人人走百冰（病）。依民俗化之。

朱雀：古代神话天之四灵之一，于五行主火，克金益木利苍生。

山川二句：化［日］真人元开《唐大和上东征传》"山川异域，风月同天"和［先秦］《诗经·秦风》"岂曰无衣，与子同裳"而得。

力牧二句：传力牧、风后乃上古神人，力牧可力驱万物，风后有治国良方，黄帝拜风后为相、力牧为将，天下大治。［汉］司马迁《史记·五帝本纪》："举风后、力牧以治民。"

心灯：常指祈福的水灯和天灯，佛教又指心灵呼唤。［南朝］梁简文帝《与广信侯书》："岂止心灯夜炳，亦乃意蕊晨飞。"

破阵子·收灯节寄思武汉

（2020-02-10）

昔日翱飞黄鹤，春时灯耸云低。
百顷龙涛扶楫橹，万丈烟波接玉梯。
迷离芳草饥。

忽报妖生横疫，驰援铁马征衣。
一座孤城牵四海，漫道山花猎猎旗。
悠然会有期。

江城子·步韵苏轼《乙卯正月二十日夜记梦》

（2020-02-13）

慕云舒袖战凄茫。绝思量，岂能忘。

袍素团身，盔戴御邪凉。

纵使相逢难识认，纱掩面，冠披霜。

逆行寻梦到沱乡，侗楼窗，映秋妆。

星月无言，泼墨注诗行。

何以笙箫空寂处，江北望，雪凝冈。

注释

题记：是日庚子正月二十，午夜至次日午时，京师雨雪交加，气温骤降。江城将帅尽换，志愿突击队员出征，疫战总攻即开。调和东坡先生 945 年前所作千古绝唱。

沱乡：指位于沱江之滨的凤凰古城。

梅花引·雨水日步韵万俟咏《冬怨》

（2020-02-19）

　　唳声酸，唳腔乾，鹤叫江天惊楚关。

　　士身单，子衣单，云水嘘寒，铮铮何畏难。

　　长河淹没初春雪，朱梅攀上新枝月。

　　暮云宽，晓霞宽，江浦旭边，疾风穿玉阑。

七律·借问清明

（2020-02-20）

正月二十七，庚子年第三个人日（老人七），京汉疫情胶着。

渚上砂梅兀自开，
汉江浩莽赶风来。
红颜不解离愁意，
青史终铭动地哀。
足禁千家思面壁，
眼观万水慕瑶台。
看花人里君安否，
借问清明何以哉？

谒金门·闻天使剪发出征

（2020-02-21）

东风起，方显飒姿英气。
剪发出征谁解意，白鸥回语碎。

最是妙龄花季，遮面素装疏洗。
祛疬江城留足履，泪垂芳草纪。

注释

剪发二句：语化［南宋］蒋捷《江梅引·荆溪阻雪》："白鸥问我泊孤舟，是
身留，是心留？"

附诗：

谒金门·为木兰者絮

（2020-02-22）

蛰屋居士

伤离别，冷落暮天春雪。
飞剪青丝痕泪叠，泣多心已血。

绮梦覆宵成页，楼火星星如札。
读到夜深灯渐灭，一身都是月。

念奴娇·春分絮语

（2020-03-20）

东风猎猎，复晴空万里，雁归长泣。

岸上长亭思柳绿，檐下孤兰寥寂。

浮世缤纷，昼长夜短，听户充消息。

冷风涂面，了然荒谷寒壁。

忽道浪拍颐园，极南雪赤，八国街门竿。

又听鹤翔尝故水，不似当年滋沥。

难料明曦，看花人里，心绪谁人忆。

耕牛西去，暮天谁和樵笛？

注释

听户：指耳朵，出自《河间六书》。

浪拍颐园：春分前夕，京城骤起10级大风，昆明湖现罕见惊涛拍岸。

雪赤：南极因气候异常，导致"极地雪藻"大量繁殖，今年2月出现大规模"西瓜雪"。

八国：泛指西方诸国。

附诗：

念奴娇·和春分絮语

（2020-03-21）

蛰屋居士

翠微呼展，又翻新嫩绿，去留无迹。

远岫青苍峰似簇，一片壑幽林密。

古木如蟠，繁花如灼，万里江天碧。

地澄远籁，更将尘累拂涤。

往事过眼须臾，晴川阁上，漫倚眠听笛。

楼榭亭台疑是梦，独向阶前闲立。

莫问公羊，峥嵘岁月，空剩烟霞寂。

无心无我，只留山水长揖。

沁园春·樱花梦

（2020-04-09）

满目绯云，砌玉堆银，柳岸抱香。

看层林染透，千枝绛雪；

鸳鸯逐食，羽叶翻扬。

瘦石推波，黄鹂助唱，短艇追鱼到水央。

微风爽，感玉渊樱绚，更念南江。

依稀溯梦沧浪，子夜里高悬硕月光。

照天河璀璨，银鹰欲展；

楚空静碧，天使还乡。

重启城关，不堪回首，但问罗家万树惶。

须来日，备荷衣薄酒，踏友寻芳。

注释

绯云：火烧云。这里代指樱花繁茂状。

沧浪：古水名。这里特指汉水。

硕月：4月8日凌晨武汉重启之时，年度最大满月"超级月亮"现身天宇，大于常态13%，神州同辉。

罗家：珞珈山原称。由十几个连绵小山组成，山顶海拔118.5米，位于武汉东湖西南岸，武汉大学坐落于此。现名为首任文学院院长闻一多所改。珞指坚石，珈为女子头饰，寓武大当年辟山建校之艰。现每年仲春，樱花道落英缤纷，为赏樱佳境。

荷衣：隐者服饰，也指初衷。传屈原遭谗被放逐，不改初衷，采荷叶制上衣，集荷花作下裳，保持超凡节行。《楚辞·离骚》："进不入以离尤兮，退将复修吾初服。制芰荷以为衣兮，集芙蓉以为裳。"

桑农 辑

七律·瞰秋

（2018 年 9 月 23 日）

戊戌秋分，首设中国农民丰收节，特为锦绣田园而作。

临空鸟瞰万淙流，
最是长江冠九州。
两岸菽香醺大地，
满船渔火映西楼。
蟹肥菊重三杯酒，
雁瘦林轻几点鸥。
更喜乡间锣鼓响，
金仓银囤闹佳秋。

五律·勐宛印象

（2018-11-26）

白口喧尘尽，
黄昏塔影湮。
景颇欢目瑙，
傣寨宴朋宾。
角鼓三槌晚，
鸡鸣两国晨。
芭蕉连碧瓦，
勐宛梦成真。

注释

勐宛：傣语，意太阳照耀的地方，属云南陇川县。位于我国西南边陲最前
端，与缅甸毗邻，有景颇、傣等少数民族聚居，2018 年年底基本实现脱贫。

目瑙：目瑙纵歌，又称总戈，意为"欢聚歌舞"，流传于德宏州景颇村寨。

八声甘州·梦回大别问乡愁

（2019-05-25）

望豫风楚韵绕长洲，镜湖映沙鸥。

正云舒云卷，西河日落，斜照红楼。

嶂叠峦重柏翠，袅袅饮烟稠。

莽莽潢川水，天际悠悠。

几度登高怀远，想烟云重隘，追绪难收。

叹志仁狭道，何愿苦行舟？

问苍茫、江山依旧，路迢迢、何处不风流？

潇潇雨、拍栏高步，莫负乡愁。

注释

豫风句：河南信阳古时属楚国，楚文化与中原文化在这里交相辉映，无论地容地貌还是建筑风格、民俗民风，兼具两地风范，素有"北国江南，江南北国"美誉。处鄂豫交界的新县等地，这种风韵尤显。

长洲：指长洲河水库。位于新县周河乡境内，四周群山环抱，蜿蜒曲折，鱼肥景美，有"小三峡"之称。

西河：指西河湾古村落，位于新县周河乡西河村。村内古树参天，古屋百间，古道纵横，入选全国景观村落，为当代美丽乡村典型。

志仁狭道：志仁小道，以鄂豫边区早期革命领导者王志仁命名的一条山路。位于连康山一条涧沟之中，沟内林木茂盛，溪涧错落，路途陡峭，为早期从事地下活动时开辟的一条由边界到县城的隐秘山间通路。

拍栏：以手拍栏杆。古人常以此形容心潮澎湃、欲抒胸臆。〔南宋〕赵汝鐩《拍栏》："偶把栏干拍，沙鸥水上惊。"

忆江南·耕者芒种歌

（2020-06-05）

芒种到，麦浪自南黄。

千里割机鸣阵仗，一声鼓角粒归仓。

金囤笑斜阳。

田头坐，耕户沁茶汤。

新绿芭蕉荫沃土，多情菡萏醉池塘。

风送万山庄。

满庭芳·赤溪清水流贺银芳女士报告文学出版

（2020-08-01）

三｜余年，梦魂与共，太姥山下苍民。

雨时洪注，泥石阻樵门。

满目蛮丘赤水，迫生计、家国忧焚。

凝心志，向天拔意，重绘赤溪村。

无垠，森两岸，千年竹棹，九鲤漂宾。

望玻栈山腰，万壑追云。

鱼跃天洲戏水，持竹盏、客品茶津。

长安道，粉墙黛瓦，遐迩至名存。

注释

题记：1984 年 6 月，《人民日报》刊登呼吁帮助位于闽东大山深处的赤溪畲族村摆脱贫困的评论员文章。同年 9 月，中央发布《关于帮助贫困地区尽快改变面貌的通知》，拉开我国新时期扶贫开发序幕，赤溪由此成为"中国扶贫第一村"。经过 30 多年不懈奋斗，昔日穷山恶水的赤溪终于改天换地，成为远近闻名的生态村、旅游村、致富村。胡银芳女士长期跟踪记录赤溪变化，呕心沥血完成的长篇报告文学《赤溪清水流》近日面世，全面描绘了赤溪化蛹成蝶的过程，为诠释中国梦注入一股清流……

拔意：高超的意想。[唐]孟郊《生生亭》："徒夸远方岫，曷若中峰灵。拔意千余丈，浩言永堪铭。"

下片：写今日赤溪村巨变。经总体规划和持续发力，赤溪人依山建起茶叶、毛竹生态产业，疏九鲤溪以漂流，耕天洲溪以牧鱼，沿湖里岗山腰筑玻璃栈道以观崖壁田园风光，建徽派新居以长安新道相连，实现旧貌换新颜。

万斯年·品桂七青芒

（2020-08-15）

右水沙边芒桂七，雪藏深养颜如碧。

今朝有幸下瑶台，腰柳色，汁如蜜。

一品沁芳庭满溢。

注释

题记：青皮桂七芒乃广西特有芒果名品，产于百色右江河谷，形如田东县城版图，以独有的芬芳口味傲视群芒，有物华天成之誉。因其生长对环境要求苛刻，故产量极低，有"果中之王""芒果贡品"之称。近十年来方有少量上市，日前得友人寄来几枚，品之果然不俗。

雪藏：除藏于深山之意，还喻指芒果花为白色，常以雪花代指。[北宋] 王琪《秋日白鹭亭向夕有感》："芒花作雪风，飞舞来沧海。"

菩萨蛮·紫鹊梯田云水间

（2020-08-20）

漫山流水泓田远，远田泓水流山漫。

禾刈竞吟歌，歌吟竞刈禾。

箔云撩紫鹊，鹊紫撩云箔。

耕稻绎秋笙，笙秋绎稻耕。

注释

题记：紫鹊界梯田，位于湖南娄底新化县。不用人工汲水，利用天然山泉形成自流灌溉系统，使其迥异于其他梯田稻作文化。入选世界灌溉工程遗产、国家自然与文化双遗。本词采用回文体，依钦谱。[清] 徐釚《词苑丛谈》："词有回文体，回文之就句回者，自东坡始也。"如 [北宋] 苏轼《菩萨蛮·夏闺怨》。

箔：帘也。云箔，天官以云为帘。[南朝] 刘瑗《新月》："仙宫云箔卷，露出玉帘钩。"

天仙子·嫦娥何故怅西园

（2020-09-22）

陵水缙云飞将渡，九曲峨楼深锁雾。
天门三吼洞云开，龙火舞，江豚顾。
长送煦风花满树。

八月木犀芳郁吐，为报主人柔似缕。
嫦娥何故怅西园，骈阗语，琉璃户。
奔月不辞椒菽府。

注释

题记：致第三个中国农民丰收节。

木犀：桂花。《闽部疏》："凡桂，四季者有子；江南桂八九月盛开，无子，此木犀也。"

西园：古时多指士子游宴赏月之所，有时也指闺阁芳园。[明]高启《明皇秉烛夜游图》："大家今夕宴西园，高爇银盘百枝火。"

骈阗：团聚、罗列。此处形容欢声笑语。

七绝·当雄草原

（2020-10-06）

羊八井中流热汤，

云蒸草旺念青湟，

火车鸣笛当雄过，

五万锅庄跳夕阳。

注释

念青：藏语"大山神"。当雄县境内念青唐古拉山意谓"灵应草原神山"。

锅庄：又称为"果卓""歌庄"，藏族在节日或农闲时跳的舞蹈。当雄县时有人口5万余人。

玉蝴蝶慢·西藏新歌

（2020-10-17）

极日碧空尘远，白云烟黛，芳草秋光。

雅鲁悠悠，青稞美酒飘香。

画毡暖、炊烟袅袅，

霁景淡、奶酪酥黄。

绣楼妆，梦身何处，雪域禅乡。

炎阳，高原普照，鼓笳觞咏，绿野麻桑。

水阔山遥，布宫天阙映波塘。

念文成、云中笑靥，

屋脊上、翠鸟双双。

泪成行，束腰轻曼，北慰高堂。

注释

题记：是日为全国扶贫日。10月15日，国新办在拉萨召开新闻发布会，宣布西藏脱贫由集中攻坚阶段全面转入巩固提升阶段。

文成：文成公主（625—680），李姓，名不详。唐朝宗室女子，贞观十四年（640）受封文成公主；次年嫁吐蕃王松赞干布，成唐蕃和亲百年之好。吐蕃尊称其甲木萨（藏语中"甲"指"汉"，"木"是"女"，"萨"意"神"）。

蝶恋花·十八洞村惊世殊

（2020-12-26）

十八洞村藏鬼斧，孔洞相连，犬齿盘桓路。

古有夜郎封列土，闲云不与江东顾。

斗笠丘田无积黍，峡谷幽深，梦断湘西雾。

今架彩虹联广墅，边村锦瑟惊天姥。

注释

题记：2020 年年末，中国"如期完成新时代脱贫攻坚目标任务，现行标准下贫困人口全部脱贫"。这意味中华民族在几千年历史发展中首次整体消除绝对贫困现象，对中国和世界具有里程碑意义。

十八洞村：该村隶属于湘西土家族苗族自治州花垣县，是新时代"精准扶贫"首倡地。从 2013 年 11 月起，政府帮建矮寨大桥，依托当地生态优势，打造猕猴桃、山泉、苗绣、旅游等特色产业。经过 3 年多艰苦努力，村民人均年收入由原来的 1668 元增加到 8000 多元，实现全村整体脱贫。

夜郎：传古夜郎国战败，有苗部后裔散落于十八洞村一带溶洞居住，过着刀耕火种、与世隔绝的生活。

斗笠丘：十八洞村地处深山峡谷，土地稀缺，在石缝中种田，有"地无三尺平，田是斗笠丘"之说。

边村：花垣县位于湘黔渝三省交界处，地处偏远，山高坡陡，被称作湘西"边城"。而十八洞村交通更为闭塞，沟壑纵横，堪称"边村"。

东

坡

辑

忆东坡·风流千古

（2019-07-19）

日月映三江，雪霁堆千树。

篱杖布衣南行远，新进乌台炉。

不惧谗言腥雨，平生竹笠迎风，料峭东坡路。

天涯万里，千古风流岂朝暮。

山涧彭老，毓秀苏童顾。

慧聪通识华卷，端坐莲花处。

求邃石钟夜叩，人间天上楼开，乐在禅乡度。

今闻南国荔红，斑若相思雾。

注释

忆东坡：词牌名，仅见［北宋］王之道《相山居士词》，存世两首。苏轼，号东坡居士，世称苏东坡，乃中华文化巨匠，为官秉正，以慷慨豪放扭一代艳科词风之第一人，宋代文学最高成就之代表，以其名号定词牌仅此一谱，且近失传，于情于理于心皆不安。今乘文化复兴之梦，愿以绵薄之力呼吁重塑此调，使其复活今朝，筑承传优秀民族文化之坐标。愿东坡千年诞辰之日，此调复出千首，佳作三百，以慰先贤。

南行远：苏轼为官 40 载，因与当朝政见不合，一再遭贬，且每次都被贬去更遥远更荒凉之所，流放生涯竟达 16 年。苏公自嘲："问汝平生功业，黄州惠州儋州。"

新进句：新进，苏轼上书对新派人物的统称，含有讥讽意味。调任京外，作《谢上表》仍用该词调侃，惹新党大忤，摘其诗片言支语，告其"大逆不道"，抓进乌台囚禁 103 天，"诟辱通宵不忍闻"，欲置其于死地，史称"乌台诗案"。乌台，指御史台，因其上植柏树，常年栖乌鸦，又称乌台。嫉恨并加害苏轼者，主要在御史台。

平生句：苏轼被贬期间，我行我素，笑对人生，作《定风波》抒发此情："竹杖芒鞋轻胜马，谁怕？一蓑烟雨任平生。"

彭老：指四川眉山市彭老山，苏轼出生地。传苏轼出生那年，原本葱茏的彭老山忽然凋敝，待他去世后，荒芜 60 多年的山峦又复生机，可见钟灵毓秀集于东坡一身，为天降英才。

慧聪句：少年东坡曾"发愤识遍天下字，立志读尽人间书"。

端坐句：被贬黄州的苏轼，心已超然，词近佛境。自诩道"八风吹不动，端坐紫金莲"。

石钟：石钟山，位于江西九江市湖口县，长江与鄱阳湖交汇处。有"千古奇音第一山"之称，由上钟山和下钟山组成。苏轼由黄州移官汝州，为送子晤弟曾绕经此处，携长子苏迈夜访下钟山，探寻山名由来，著《石钟山记》，提出"事不目见耳闻"，不可"臆断其有无"之观点，为其一生"读书观理之法"。

人间句：苏轼千古奇才，乐观旷达，身处逆境，不忘讴歌美景。他写人间"水光潋滟晴方好"，他咏明月"千里共婵娟"，为世人传诵。即便流放途中，也处处有人高接远迎，开门纳客："海山葱茏气佳哉，二江合处朱楼开。"

禅乡度：苏轼连遭贬谪，远离宦海，渐生佛老思想。他"寓僧舍""随僧餐""惟佛经以遣日"，对世态更加淡然洒脱。

今闻句：苏轼谪居惠州，侍妾王朝云不离不弃，始终相伴，给晚年苏公极大安慰。无奈天嫉红颜，朝云 34 岁染疾而去。苏公含泪葬其于惠州栖禅寺大圣塔下，建"六如亭"，书"不合时宜，唯有朝云能识我；独弹古调，每逢暮雨倍思卿"，祈愿终老此地，咏叹"日啖荔枝三百颗，不辞长作岭南人"。

附诗：

忆东坡·读千古风流

（2019-07-30）

杜 鹃

竹影映松窗，怅望梧桐树。

明月满庭风随舞，何惧狂云妒。

漠漠一江风雨，陶陶乐尽天真，笑看平生路。

山河远阔，何惧阴晴变朝暮。

人间烟火，去矣休回顾。

数间茅舍闲卧，残梦无寻处。

相对鬓霜点点，归来不诉离殇，泪尽宵难度。

通灵禅断后缘，仙骨香如雾。

注释

梧桐树：苏轼送别子由时，曾赠诗："庭下梧桐树，三年三见汝。"

明月句：拙政园中有"与谁独坐轩"，此景取自苏轼词"与谁同坐，明月清风我"。周瘦鹃在此留诗："苏州好，拙政好园林，轩宇玲珑如展扇。与谁同坐有知音，于此可横琴。"

狂云妒：化用苏轼《妒佳月》："狂云妒佳月，怒飞千里黑。佳月了不嗔，曾何污洁白。"

"乐尽天真"与"平生路"：睹物怀人，触景伤情，不如"且陶陶，乐尽天真。几时归去，作个闲人。对一张琴、一壶酒、一溪云"。但求闲而不得，也只好"一蓑烟雨任平生"。

相对句：岁月沧桑，梦中与王弗相见已是"尘满面，鬓如霜"，相逢难识、相顾无言，唯有默默相对。

不诉离殇：取自苏轼《临江仙·送王缄》："归来欲断无肠，殷勤且更尽离觞"。王缄是王弗之弟。

泪尽句：王闰之死后，苏轼写有"泪尽目干，唯有同穴"的祭文。

断后缘：朝云灵秀聪慧，一生向佛，苏轼赞她"天女维摩总解禅"。无奈芳华早逝，苏轼悼曰："驻景恨无千岁药，赠行惟有小乘禅。伤心一念偿前债，弹指三生断后缘。"其中，"弹指三生断后缘"最为感人……来世若能不相见，如此便可不相恋。

仙骨句：苏轼曾为朝云写有"玉骨那愁瘴雾，冰姿自有仙风"的词句。而朝云辞世之后再看梅花，岂是"泪湿花如雾"，怕是只闻梅香。

忆东坡·依韵奉和君昌兄

（2019-08-08）

晓　阳

　　"忆东坡"词者，乃宋王之道忆东坡所作自度曲也。千年以降，仅此一例，君昌兄读见不平，仿而续之，并赐余命和。余循词谱惯例，对平仄可变处略做微调，试以和之。

　　词苑忆东坡，一曲传千古。云影雪泥留鸿爪，飘逸谁能伍？赤壁赋酬明月，幽窗诗寄松冈，竹杖吟烟雨。乌台魅影，省识琼楼最寒处。

先生多舛，岂是儒冠误？君王万物刍狗，用舍凭朝暮。陶令南山种豆，杜陵茅屋忧元，趋避唯情愫。羡公来去三州，谈笑犹蓝缕。

附《忆东坡》词牌

双调九十八字，前后段各九句、四仄韵；

作者王之道；此相山自度曲，无别首可校。

雪霁柳舒容，日薄梅摇影。新岁换符来天上，初见颁桃梗。

试问我酬君唱，何如博塞欢娱，百万呼卢胜。投珠报玉，须放骚人遣春兴。

仄仄仄平平，仄仄平平**仄**。平仄仄平平平仄，平仄平平**仄**。

仄仄仄平平仄，平平仄仄平平，仄仄平平**仄**。平平仄，平仄平平仄平**仄**。

诗成谈笑，写出无穷景。不妨时作颠草，驰骋张芝圣。

谁念杜陵野老，心同流水西东，与物初无竞。公侯应有种哉，倾否由天命。

平平平仄，仄仄平平**仄**。仄平平仄平仄，平仄平平**仄**。

平仄仄平仄仄，平平平仄平平，仄仄平平**仄**。平平仄仄平，平仄平平**仄**。

醉翁操·步韵东坡创词兼品禅音

（2019-08-24）

恬然，灵圜，吟弹，对青山。

稀言，无为老翁明其天。

阙高纱缥婵娟，修未眠。

俏首八风前，绛发童面千古贤！

大风起处，南望崂泉。

老翁卓立，风雨潇潇状怨。

山有盟书如巅，水有和声同川，悠悠无忘年。

乘龙思飞仙，海内尽人间，愿从经诵伴歌弦。

注释

题记：是日为词圣东坡先生祭日，特选先生始创填词之谱步韵以纪。恰逢龙树菩萨圣诞日（农历七月二十四），龙树创立大乘佛教，列八宗之祖，世称"第二佛陀"，因以兼名品禅音。

八风：凡尘间指八方之风。佛教中指"称、讥、毁、誉、利、衰、苦、乐"八种境况，龙树菩萨著《大智度论》说，这八种境况作为人生境遇，像风一样随时吹动人心，故称"八风"。唐朝诗僧寒山子有"八风吹不动"诗句，谓修行最高境界。

人月圆·品苏词荷韵

（2019-08-31）

眉山葱绿秋风慢，菡萏试新衣。
瑞莲荫动，陂塘静处，微泻桃熹。

闻香醉眼，衔枝白鹭，照水离离。
盘桓荷蔓，摇风绕指，粉蕊含玑。

注释

题记：是日，眉山苏祠荷花摄影展在三苏祠南大门银杏树下揭幕。秋雨刚过，游人纷至，品苏词，赏荷韵。

菡萏：荷花别称，有时特指花苞。［北宋］欧阳修《西湖戏作示同游者》："菡萏香清画舸浮，使君宁复忆扬州"。

瑞莲：指"苏祠瑞莲"，位列古眉州八景之首。传苏洵于家中荷塘植莲，每逢并蒂莲开，眉州必有学子考中进士。并蒂莲便成为眉州的祥瑞征兆和科甲象征。

陂塘：利用低洼地蓄水而成的池塘。

桃熹：形容莲花含苞待放，微露桃红。

醉眼：形容酒醉迷蒙的眼神，引申为大饱眼福。［北宋］苏轼《杜介送鱼》："醉眼朦胧觅归路，松江烟雨晚疏疏。"

绕指：绕指柔，形容物体柔韧得可以盘绕手指。［晋］刘琨《重赠卢谌》："何意百炼刚，化为绕指柔。"

祝英台近·三苏祠

（2019-12-06）

过眉州，思抱月，银杏伴巡古。

水墨东湖，玉带百坡浦。

可堪碧水残菏，半桥疏影，

道不尽、披风佳处。

飨宫驻，千古文薮三苏，凛乎假山武。

清竹徐风，似嘱浩然语。

管他风雨阴晴，荒沙远逐，

任孤冷、词文高楚。

注释

三苏祠：位于四川省眉山市东坡区纱縠行南街，为北宋著名文学家苏洵、苏轼、苏辙故居，明代洪武元年（1368）改宅为祠，祭祀同列"唐宋八大家"的父子三人。所选词牌始见《东坡乐府》。

抱月：三苏祠内建有抱月亭，赞誉三公飘逸旷达之人生态度。苏轼《赤壁赋》："挟飞仙以遨游，抱明月而长终。"

百坡：苏轼人品、文名为后世景仰，历代文人为他造像，画出各自心中的东坡。东坡《泛颖》："乱我须与眉，散为百东坡。"三苏祠建有百坡亭。

飨宫：飨殿，三苏祠主殿（祭殿），建于康熙四年（1665），硬山式屋顶，供奉三苏父子雕像。

披风：指披风榭，始建于南宋嘉定年间，传苏轼兄弟室外朗读之所。类似处还有来凤轩、绿洲亭等。

假山：指苏家所藏木假山。苏洵自溪叟购黑木三峰，置于庭檐，撰《木假山记》，写木假山成之万幸，二峰"凛乎不可犯"，实则颂扬士大夫刚正不阿之气。

寿楼春·忆东坡兼纪东坡先生辞世九百十九年

（2020-08-23）

追千年时光。忘恩仇骇怨，凉热同当。

几度阴风酸楚，视如秋霜。

公稳在，词林央。

水自流、山高溪长。

看志士梳缨，擎光诵月，高烛照彤妆。

飞花雨，蒙崇光。

有朝云舞袖，时唱新腔。

最念罗浮丹荔，酒赊东江。

云不测，孤山凉。

逐陌乡、荒无天狼。

却酣问梨花，何缘老树降海棠？

注释

题记：苏轼（1037年1月8日—1101年8月24日），字子瞻，号东坡居士，世称苏东坡、词圣。他为人为官秉正，但屡遭贬谪。他未被磨难击垮，最终炼就超然无我境界，成为士大夫精神楷模："浩然天地间，唯我独也正。"其诗词成就非凡，几乎每个华人，无不受他诗词洗礼。值东坡仙逝919周年之际，人民文学出版社、有声阅读委员会、中国苏轼研究学会联合举办"东坡雅集——苏轼诗词诵读会"，谨以词纪之。

高烛句：东坡被贬黄州时，曾以盛开海棠自励："只恐夜深花睡去，故烧高烛照红妆。"欲秉烛照亮，让内心精神之花常开。

崇光：高贵华美的光泽。苏轼《海棠》"东风袅袅泛崇光"。

飞花八句：东坡谪居惠州三年，受到当地官员百姓热情接待。他住合江楼，钓东江鱼，赊林婆酒，游历山川，广结好友，写下200多篇诗文："罗浮山下四时春，卢橘杨梅次第新。日啖荔枝三百颗，不辞长作岭南人。"然好景不长，先是爱妾朝云染疾亡故，葬于孤山；继而再遇贬斥，远放儋州，行至人生末途。

逐陌乡三句：暮年远逐，东坡已无"射天狼"之豪情，但仍保持乐观自嘲心态："问汝平生功业，黄州惠州儋州。"尾句转意化用"一树梨花压海棠"，契合他一生童真般豁达天性。

清平乐·望鹊桥

（2020-08-25）

情天亦老，人说春光好。
待到秋风弯月照，唯恐海棠睡了。

雁鸣南北西东，泥痕长梦飞鸿。
拣尽寒枝孤守，鹊桥只盼华笼。

注释

题记：本词隐括苏轼《海棠》和《黄州定慧院寓居作》。隐括是汉语除"回文"之外又一种特殊修辞手法，指依据前人某种体裁内容或名句意象，集句、改写成新词。其首倡者苏轼，如《哨遍》之于《归去来辞》。

南乡子·过滁州步韵辛弃疾《登京口北固亭有怀》

（2020-09-08）

相月过滁州，雾失琅玡醉翁楼。

千载杏梅撑傲骨，清悠。

疏影含光品自流。

太守将千鏊，出猎郊原骑未休。

剑挑苍狼温酒在，关刘？

不让当年孙仲谋。

注释

相月：农历七月别称。《尔雅·释天》："七月为相。"郝懿行义疏："相者导也，三阴势已成，遂导引而上也。"

醉翁楼：醉翁亭，位于安徽滁州西南琅琊山麓。北宋庆历五年（1045），欧阳修任滁州太守，与琅琊寺住持结为知音。庆历七年（1047），住持为他在山腰建小亭供休憩，欧阳修亲作《醉翁亭记》，常携友到亭中游饮。"太守与客来饮于此，饮少辄醉，而年又最高，故自号曰醉翁也。""醉翁亭"得名。北宋元祐六年（1091），因原亭记石刻字小刻浅难传，改由苏东坡书大字重刻。从此，该亭以"欧苏"双绝同体而名扬天下。

杏梅：醉翁亭北侧有一株古梅，传欧阳修手植，世称"欧梅"。此梅花期不抢腊梅之先，不与春梅争艳，独伴杏花而开，故又名"杏梅"。旁建古梅亭以赏之。

太守二句：欧阳修曾任滁州太守，苏轼曾任密州太守，师生两人皆有壮志难酬出猎释怀之经历。鍪，古代武士戴的皮制头盔。参见［北宋］苏轼《江城子·密州出猎》。

剑挑三句：关刘，关羽、刘备。故事参见［明］罗贯中《三国演义》"温酒斩华雄"。

洞仙歌·茅山叩道

（2020-09-10）

金沙绿野，伴茅山修苑。

雾锁仙踪鹤声唤。

九峰潜、十九泉眼潺潺，

头福地，万宁元符名远。

客寻芦苇径，长荡风腥，叩道凡夫阻鱼宴。

却路问多长？

此顾真君，修福浅、九霄百转。

必持节秋风上清坛，拜巨笔华阳，始成初愿。

注释

茅山：位于常州金坛西界，为道家"第一福地、第八洞天"，上清派发祥地，称"上清宗坛"。有九峰、十九泉、二十六洞、二十八池，其中龙池为茅氏三兄弟当初炼道之所。

金沙：金坛别称，老城厢仍用此名。与天荡湖相接，城在水中，水在城中；湖天一色，湖山相望。近沿湖辟水街以品湖鲜，建盐湖城以栖来客，游人常醉卧养斋而疏于问道。

修苑：指茅山道院，现主要由九霄万福官、元符万宁官组成。

鹤声唤：喻山中有仙人活动，古人认为仙人骑鹤而行。[唐]杜甫《洗兵马》："鹤驾通宵凤辇备，鸡鸣问寝龙楼晓。"[明]于枋《三峰晓云》："茅家朝阙早，鹤驾出蓬莱。"

华阳：华阳洞，二十六洞之一，洞口题字传为东坡所书。

东坡引·庚子霜降

（2020-10-23）

燕脂凝玉树，霜降愁思渡。
鸿声泣断秋歌暮，萧萧枫叶路。

寒潮北顾，南郭云雾。
寥寂处、三通鼓。
西风瑟瑟侵林户，清流穿万渚。

注释

燕脂：胭脂，此处泛指红色。

玉树：美丽的树。[唐]宋之问《折杨柳》："玉树朝日映，罗帐春风吹。"

西风：字意为由西向东吹的风，一般指秋风。在毛泽东笔下，西风另有所指。本处系双关语。

念奴娇·钓鱼城步韵苏轼《赤壁怀古》

（2020-12-01）

莽川狂泻，似雷滚、惊起无双方物。

砌石排云，千骑去、忠胆横刀绝壁。

力压三江，蒙哥陨没，抖落千秋雪。

流年寻梦，放眼无数人杰。

报国仆继王张，镇池三十载，无伤毫发。

倚岸挥竿，孤钓处、龙焰吞营戡灭。

乱石峥嵘，层层荒草接，夕烟群发。

湍流东逝，倩魂谁摘星月？

注释

王张：王坚、张珏，钓鱼城守将，民族英雄。从 1243 年到 1279 年，南宋合州军民在王、张二将率领下，凭借钓鱼城天险，与蒙古军激战 200 余次，多次重创蒙古军，苦撑南宋半壁江山，创造了古今中外战争史上罕见奇观。

蝶恋花·女神节步韵苏轼《密州上元》

（2021-03-08）

金色华堂三八夜，香阁醇光，齐品唐风画。

莽蕨龙茶虾意麝，加鞭论剑悲鸿马。

翠染遗松春是也，醉月京华，心若阑珊社。

羌笛唱归绦柳下，声声燕子双飞野。

画堂春·《寒食帖》里话东坡

（2021-04-03）

黄州谪省已三年，仲春苦雨涟涟。

乌台一去半坡田，醉眼村山。

缺月独怜孤影，渔舟难觅蓑烟。

萧萧头上落乌衔，归燕人间。

注释

题记：寒食节读苏轼《寒食帖》有感。

黄州句：因"乌台诗案"，苏轼被贬黄州，凄凉中度过三个寒食节，作《寒食帖》："自我来黄州，已过三寒食。"

乌台句：初到黄州，苏轼全家每日仅有百五十钱用于买米，无奈，次年耕种城东门外一块坡地为生，始称"东坡居士"。

渔舟：苏轼形容自家草屋在雨中似渔舟般飘摇："小屋如渔舟，蒙蒙水云里。"

乌衔：乌鸦嘴叼的冥纸。那一日，苏轼在灶上煮菜，忽见天上飞的乌鸦叼着纸钱，方知到了寒食节："空庖煮寒菜，破灶烧湿苇。那知是寒食，但见乌衔纸。"

创调辑

长亭外·小满骊歌敬和叔同先生《送别》

（2020-05-20）

苍山外，洱海边，花蝶舞翩跹。

夕阳暮鼓动笙管，缈然云雾间。

山之岚，海之阡，舟行彩云巅。

浪花絮柳炊烟起，金樽对酒仙。

千层涌，月未眠，晨钟双泪涟。

感时欲诉已无语，骊歌天外天。

附原作：李叔同《长亭外》。原作为白话文现代歌词，改编词牌时进行了必要的平仄声转换。

长亭外，古道边，芳草碧连天。

晚风拂柳笛声残，夕阳山外山。

天之涯，地之角，知交半零落。

一瓢浊酒尽余欢，今宵别梦寒。

情千缕，酒一杯，声声离笛催。

问君此去几时来，来时莫徘徊。

附《长亭外》词谱

全词三片九平韵，每片各三平韵。

平平仄，仄仄**平**，平仄仄平**平**。仄平中仄中平仄，中平平仄**平**。

中平平，仄平**平**，平平仄平**平**。仄平中仄仄平仄，平平中仄**平**。

平平仄，仄仄**平**，平平中仄**平**。仄平中仄仄平仄，平平中仄**平**。

千山静 · 大暑咏蝉

（2020-07-22）

潇潇雨，涨绿汀，九歌催夏英。

万籁泓，连碧海，遍地蛙声穿夜行。

叹初蝉饮露，韬养五德而鸣。

冠带长，振林樾，一唱万虫惊。

居高声自远，蝉蜕满天星。

知足乐，淡浮名，逍游若通灵。

静林冈，竹无色，方知禅意溟。

对长亭寂寞，孤显逸世阴晴。

三叠咏，驱酷暑，修得一身轻。

无人问清浊，独我信蝉声。

注释

五德：古人赋蝉五德：文（头上冠带）、清（含气饮露）、廉（不食黍稷）、俭（处不巢居）、信（应时而鸣）。

林樾：林木或林间隙地。[唐] 皮日休《桃花坞》："夤缘度南岭，尽日穿林樾。"

居高二句：指蝉的境界与抱负。化用［唐］虞世南《蝉》："居高声自远，是非藉秋风。"

知足三句：古人眼中，蝉喜竹林，寓"知足常乐"；多年蛰伏，韬光养晦，一朝破土便惊人，象征清高、重生、智慧、通灵。［汉］司马迁《史记·屈原列传》："蝉蜕于浊秽，以浮游尘埃之外。"

附原作：

千山静·大爱苍生（新韵）

凯 文

千山静，鸟不鸣，九州云雾浓。

寸寸心，牵念远，只为苍生祈太平。

叹如磐风雨，高唱大吕黄钟。

歌不完，道不尽，骨肉手足情。

云低情更厚，华夏尽英雄。

花溅泪，眼蒙眬，云开待长风。

问声声，仰天啸，情关山万重。

问秦砖汉瓦，齐念万脉同宗。

割不断，永不弃，中华同根生。

春风杏花雨，大爱我苍生。

附《千山静》词谱

上下片各六平韵，上下片第七句为上一、下四句法。

凯文自度曲，玉成、方明先生对创此调有贡献

平平仄，仄仄**平**，仄平平仄**平**。仄仄平，平仄仄，仄仄平平平仄**平**。

仄平平中仄，平仄仄仄平**平**。平仄平，仄中仄，仄仄仄平**平**。

平平平仄仄，中仄仄平**平**。

平仄仄，仄平**平**，平平平平**平**。仄平平，仄平仄，平平平仄**平**。

仄平平仄仄，平仄仄仄平**平**。平仄中，仄中仄，平中中平**平**。

平平仄平仄，中仄仄平**平**。

读 史 录

黄帝文化中的治国理念

——在第四届黄帝文化发展论坛上的演说（节选）

（2019 年 12 月 31 日）

国家治理体系的形成与发展，必然与这个国家的传统文化息息相关，它根植于传统文化的肥沃土壤，承传着民族文化的优秀基因。中华民族有着深厚的传统文化根基，大量古代文典记载着亘古先人丰富的治国理念，这是中华民族独特而宝贵的文化资源。据《史记》记载，黄帝名轩辕，诞生于距今 5000 年前的上古时代，他统一了华夏部落，成为神州大地华夏族与非华夏族人文共主。黄帝文化是中华文明肇始之尊，是中华文化源头之祖，其中蕴含着丰富的治国理念。

作为海内外中华儿女共同敬仰和向往的民族圣地——黄帝陵，已经成为全球华人回乡寻根祭祖的首选目的地，全球华人心向往之的精神高地。今天清晨，我首谒黄帝陵。当汽车还在桥山脚下缓缓徐行时，周边云雾缭绕，山上葱茏一片。待我登临桥山之巅，站在汉武仙台，但见四周山环水绕、云开雾散，如望四海，云舒云卷，气象万千。不禁感叹：悠悠万物，地方天圆，山河万里，尽我华夏疆关。我在想，这块土地是何等恩泽中华民族，让我们生于斯、长于斯，世代薪火相传；黄帝文化有着何等优秀基因，历经 5000 年雨打风吹，根脉不绝，生生不息，哺育着十几亿龙子龙孙。我们有责任探讨、研究黄帝文化的精神内涵，使之发扬光大，成为推动中华民族面向未来开拓奋进的内生动力。

一、黄帝文化内涵精髓及其理念承传

黄帝文化（包括黄帝治国理念、文化学说和一系列创造发明）的精髓，可以概括为六个方面：团结统一，族群平等；德法兼治，民生为本；选贤任能，创新奋进。这些闪光的思想，历经岁月打磨历久弥新，对我们健全现代国家治埋体系有着极强的启示作用。其精神内涵主要体现在后人编撰的《黄帝四经》《黄帝内经》《史记》《庄子》等经典文献之中。正是赖于这些经典文献的留存，才使得黄帝由神话传说成为历史人物。从这些典籍中概括提炼黄帝文化的核心价值，既是我们自身对祖先和传统文化的告慰，又是文化自信的体现，在当今时代具有文明互鉴的世界意义。建立和完善对黄帝文化精髓的认知，是新时代黄帝文化研究的责任与使命，对于推动中华文化创新发展意义重大。

人类社会的发展是一个相当漫长的过程，中华民族的形成与发展也不例外。在远古时代，逐水而居的华夏先人在黄河、长江等流域形成数万个部落，有的还结成部落联盟，比如炎帝的神农氏部落。这些部落为争夺有限的生存空间而争斗不断，形成多元共生的族群文化。公元前 27 世纪，炎帝势衰，黄帝的有熊部落和蚩尤的九黎部落声望渐起，三强争雄，战争频仍。黄帝联手炎帝，形成更大的酋邦，一方面借助炎帝擅农的优势涵养壮大族群，一方面整合军事，外用甲兵，平息战乱，最终在涿鹿之野击败蚩尤，一时万邦臣服。为了表示对各部落的尊重，黄帝选取各部落原有图腾动物的一种标志性图案，合并创造了龙图腾。我们今天看到的龙的造型，就是选取了蛇、鹰、牛、虎、马、鱼、狮、鹿等多种动物的元素创造的。此举不但壮大统一了华夏族，也实现了与非华夏族的和平相处，匈奴、鲜卑等族裔皆尊黄帝为其始祖，轩辕由此成为神州大地华夏族和非华夏族的共主。据上古奇书《山海经》记载，天下有龙图腾的名山纵横达8000里，可视为黄帝建立的中国历史上第一个酋邦性质国家的疆域，延续1500多年。之后产生的若干少数民族政权，无不拜龙旗，无不敬黄帝，无不匍匐于以黄帝为代表的祖根文化。龙不但成为中华民族的象征，也蕴含着多民族团结、和平、统一、强盛等文化含义，成为凝聚中华民族心理认同的基因。黄帝则成为神州大地各民族团结统一的精神旗帜，是中华民族5000年来共同拥戴的人文始祖。

黄帝王朝建立后，他传令各诸侯部落休战，再遇争端不得诉诸武力，而改为向他投诉，由他以天子身份裁决，从而达到以战去战、以战致和、协和万邦、和合为贵的目地。为了长治久安，他意识到，必须建立相应的治国体系。为此他不辞劳苦，远去崆峒山问道广成子。及至山下，轩辕素斋三月，膝行上山，以示景仰圣贤。广成子念其虔诚，谓之："至道之精，窈窈冥冥；至道之极，昏昏默默。天地有官，阴阳有藏。慎守女身，物将自壮……"（《庄子·外篇·在宥》）轩辕领悟："天地万物自有规律，不可违背，只能顺应；治理天下根本在于顺应人心，做好民众关切之事；要按照季节变化和土壤水流，种好庄稼，让民众有饭吃；要体恤民众，用'仁爱、造福、谋利、安抚'心态对待民众；要制定律法约束民众，通过教育让民众明辨是非；帝王要约束欲望，不能放任自己奢靡；要设置官职，分类管理社会事务；要制作衣裳，遮掩人的身体，不能任由毫无节制的冲动；要建立婚配制度；要有治疗疾病的方法……"

于是，黄帝在人类未曾有过先例的广袤大地上创造性地开展了治国实践。他创建了古国体制：划野分疆，八家为一井，三井为一邻，三邻为一朋，三朋为一里，五里为一邑，十邑为都，十都为一师，十师为州，全国共分九州。设官司职，"置左右大监，监于万国。万国和"。设三公、三少、四辅、四史、六相、九德（官名）共120个官位管理国家。天时、仓廪、手工业、农业都有臣僚分管，还有军事将领和狱官等，这些均为后来尧舜时期的联邦制王朝所效法。他还对各级官员提出"六禁重"约法：即"声禁重、色禁重、衣禁重、香禁重、味禁重、室禁重"（"重"乃过分之意），要求官员生活简朴，杜绝奢靡浮华。他主张以德治国，惟仁是行；德法兼用，"先德后刑，顺于天"。即从天道出发，宣扬德法统一、以德为主的刑罚观。设"九德之臣"，教养民众九行，即孝、慈、文、信、言、恭、忠、勇、义。设"礼文法度"，对犯罪重者判处流放，罪极者判处斩首等（《黄帝四经》）。

黄帝十分重视民生。对农田实行耕作制，教民众播种五谷，使用杵臼，开辟园圃，种植果蔬；推广医药、历法、文字；制造机杼、舟车、堂屋。《史记》记载："黄帝居轩辕之丘，而娶于西陵之女，是为嫘祖。嫘祖为黄帝正妃。"传说中嫘祖故里，一说为四川盐亭，一说在湖北宜昌，均属长江流域。黄帝娶嫘祖为妻，不仅实现黄河流域与长江流域跨部族联姻，将西陵与西蜀族群统统纳入华夏大联盟，而且借助嫘祖的聪慧，提升了部族的文明。嫘祖会养蚕、缫丝、织帛，教会民众制衣、制鞋、制冠，兴嫁娶，尚礼仪，告别荒蛮。

黄帝还留下许多访贤、选贤、任能的故事。《帝王世纪》讲过这样一个故事："黄帝梦大风吹天下之尘垢皆去，又梦人执千钧之弩驱羊数万群。帝寤而叹曰：'风为号令，执政者也。垢去土解，清治者。天下岂有姓风名后者哉？夫千钧大弩，异力能远者也，驱羊数万群，是能善牧者也，天下岂有姓力名牧者哉？'于是依二梦之占以求之，得风后于海隅，登以为相，得力牧于大泽，进以为将。""举风后、力牧、常先、大鸿以治民"（《五帝本纪》）。开明的选才用人观，使得黄帝身边聚集了一批能工巧匠。比如，文字家仓颉，造出了象形文字；音乐家伶伦，分出 12 音阶，配成乐曲；精通数学的隶首，制定了度量衡；等等。

公平和谐的社会，为科学和艺术的发展提供了良性土壤，使中国历史历经数千年积淀一跃进入发明创造的迸发时期。《轩辕本纪》说"黄帝筑邑造五城"，这是酋邦国家出现的佐证。还有"黄帝作灶""黄帝穿井""黄帝作旃"。《古史考》："黄帝始蒸谷为饭，烹谷为粥。""黄帝始造釜甑""黄帝作车，引重致远"。《物原》："黄帝作碗碟。"《新语》："天下人民野居穴处，未有宫室，则与禽兽同域。于是黄帝乃伐术构材，筑作宫室，上栋下宇，以避风雨。"《世本·作篇》里提到黄帝时发明弓、矢、杵、臼、耒耜、铫、耨、规矩、准绳等。其注释还说"轩辕子苗龙，为画之祖"。《黄帝内传》："玄女为帝制司南车当其前，记里鼓车当其后。"约有 60 多项发明直接记于轩辕名下，黄帝便成为一个划时代的文化符号，一位超群拔类、不知疲倦、永远奋进的人类文明开拓者，成为中华文化长盛不衰、海纳百川、创新发展的力量源泉。

黄帝文化构成一个庞大的文化系统，它涵盖政治、经济、军事、科学技术、文化艺术、风俗和宗教等多个方面，在当时世界成为最发达、最先进的文明象征。孙中山先生 1912 年撰写《祭黄帝文》时称"世界文明，唯有我先"。黄帝文化代表着上古时代人类文明的高峰，今天，它正激励亿万华夏儿女秣马厉兵、砥砺前行，致力于实现中华文化的再度复兴。

二、黄帝文化当代价值及其深远意义

黄帝文化博大精深，源远流长。它不是黄帝一人所为，而是中华民族在融合发展历史长河中缔结的共同价值的集大成者，至今已成为中华民族自强不息、奋发向上的精神动力。作为中华文化治国理念的核心价值——"以民为本、为民请命"，已经成为古往今来无数仁人志士的至善追求。"知屋漏者在宇下，知政失者在草野"（《论衡·卷二十八·书解篇》）。从黄帝时代以最原始办法体察民声，到现在广开媒体问政、网罗舆情，手段越来越先进，效能越来越迅速，宗旨越来越鲜明。黄帝文化的精髓，比如他的治国方略、德法并用、民本意识、平等观念以及选贤任能观，到诸子百家时期演变为"黄老学"，至今仍在延续和发展，成为中华民族和中华文化开拓进取的精神遗产和宝贵财富。

今天，我们正阔步走在实现中华民族伟大复兴中国梦的道路上，改革开放 40 年后的中国正日益接近世界舞台的中央，我们还将引领构建人类命运共同体的伟大实践，这将经过更为漫长的征程。毛泽东在为国共第二次合作时期两党同祭黄帝陵所写《祭黄帝陵文》中指出："赫赫始祖，吾华肇造。胄衍祀绵，岳峨河浩。"从古至今，全世界的华人乃至崇拜中华文化的民族皆尊黄帝为人文始祖，在中华传统文化面前认祖归宗，中华文化认同便成为团结世界华人的最大公约数。抓住这个最为强劲的文化纽带，可以首先创建世界华人命运共同体，进而美人之美，美美与共，向着美好远景进发，最终实现天下大同。

毛泽东的《祭黄帝陵文》被誉为中华民族共赴国难的"出师

表"。那时,"人执笞绳,我为奴辱",中华民族处在最危险的时候。"四万万众,坚决抵抗",终于战胜强虏。在古老的华夏文明与现今智媒时代碰撞交汇时期,我们既要借鉴吸收世界先进技术和治理经验,又要坚定文化自信,传承中华文化中优秀的治国理念,坚持创造性转化、创新性发展。我们需要继续保持民族创新奋进的传统,剑屦俱奋,因为我们还面临中华民族强起来的更高山峰要攀登,我们还有用中华智慧、中国方案引领人类命运共同体构建的使命担当。我们要不断从优秀传统文化中汲取力量,将"小我"融入"大我"、融入浩瀚江河、融入世界和平与发展的宏伟事业,构筑中华民族更加辉煌的未来。

后　记

2021年国庆节前夕，友人将我的第一本古典诗词集——《行舟白云苏海》三校稿清样，呈送给住在南开迦陵学舍的叶嘉莹先生，希望能得到一向秉持"中华诗教播瀛寰，李杜高峰许再攀"主张的叶先生的指点。在国庆长假的最后一天，叶先生用她的学生、南开大学教授张静的手机传来一段语音："张先生，您的诗作有真情实意，又气象万千，读来令人感动。"我一时语塞，完全没有想到这位年过97岁、近年正致力于完成中华古典文化吟诵工程的国学大师，竟于百忙之中不忘抽暇鼓励一位业余诗词爱好者的幼稚作品。

叶先生的声音，一如她在个人传记片《掬水月在手》同期声中那般亲切自然，而我的回答则语无伦次，也不知说了些什么，大概是感谢之语。叶先生崇尚"弱德"之美，"不向人间怨不平，相期浴火凤凰生"。对我的诗作，她没提任何意见，但鞭策的力量仍然巨大。

我自幼喜欢古典诗词，初识诗词已有五十载。小学写的叫儿歌，难登大雅之堂。中学虽偶有诗歌被传阅，但依今天眼光，那时不通格律。大学一度曾想学诗，但苦于拜师无门。工作后大半时日家事公事交织，无暇"折柳"。待到归心伏案，已过知命之年。

在我学诗路上，曾遇三位重要老师：凯文、晓阳、包雯。每当行至云起处，他们都会以特有方式指点、提命我前进。诗集中不少诗作，仍留有他们斧正迹痕，以作我成长点滴证明。在我学诗路上，常伴三位重要诗友：学舟、冯梅、桑朵。每当我倦怠时，是他们频频催更声，促使我重拾诗笔。还有，在我学诗路上，生活是老师，也始终是诗友……

写诗纯属业余爱好，但在多位师长敦促下，我竟不识泰山地开启了以出版为目标的旧作整理、校注工作。这项工作几乎耗去我长达两年业余时光，深感校注是件比作诗更苦的差事。两厢对照，填词好比游戏，过程充满乐趣，校注如同服苦役，费时费力又不闻果实佳期。然而，这也是我学诗路上一次难得的学习和磨砺。

在诗集付梓之际，我要郑重感谢作家出版社对于弘扬中华诗词文化所作的挚诚努力，感谢责任编辑悉心编审。经作家出版社对古典诗词专业级精准把关，不但大大提升了拙作水准，还使排版体例呈现两点新意：一是创作日期采用标准数字格式，与信息时代建立某种关联；二是词的排列按句群分行，产生一种传统段落分行所不具备的格式美。在强调变革的年代，古典诗词创作哪些可以改变，哪些必须坚持，诗集以此作出无声回答。

我要叩谢数万诗友长期以来给予我的热情支持和鼓励，尤其是现年93岁的周玲大姐——这位活跃在西子湖畔的网红时尚达人，不但能填几近乱真的"易安体"，而且每每见我新词，常要认真检测，而后将"词林正韵、依龙谱"印鉴发至朋友圈。我还要由衷感谢中国有声、醇色电台等机构多年不遗余力友情播发，感谢马黎、苏扬、张宏、任志宏、白钢、天时、梁言、王明军、酒杰、麦恬、陈力、王皓、文凯、肖洒、郝淑燕、张倩等朗诵艺术家的倾情诵读！

鄙人愚钝，虽尽力询师问典，拙作仍难免多有疏漏错讹，在此恳请各位方家海涵、指正。

当我完成上述文字，恰逢辛丑立冬子时。白日京城鹅毛翻飞，入夜寒风凛冽。又是一年随叶落，可怜双鬓兑吴盐。走在漆黑峻冷的街道上，不禁口占一首《纱窗恨》：冬虫饮露天清夜，泣寒鸦。绛砖披雪尘封瓦，奠千家。贯三教、鼎立龙族，融九派，淘尽黄沙。喝断西风、绎胡笳。

作者于辛丑年十月朔